VIRGÍNIA MORDIDA

JEOVANNA VIEIRA

Virgínia mordida

3ª *reimpressão*

COMPANHIA DAS LETRAS

Copyright © 2024 by Jeovanna Vieira

Grafia atualizada segundo o Acordo Ortográfico da Língua Portuguesa de 1990, que entrou em vigor no Brasil em 2009.

Nas páginas 60-1 há um trecho do poema "Todas as manhãs", de Conceição Evaristo, *Poemas da recordação e outros movimentos* (Rio de Janeiro: Malê, 2017).

Capa
Alceu Chiesorin Nunes e Omar Salomão

Imagem de capa
Reencontro e cuidado/ O concreto evapora, inunda o tempo presente,
de Manuela Navas, 2023. Óleo sobre tela, 80 × 50 cm.

Preparação
Silvia Massimini Felix

Revisão
Marina Nogueira
Renata Lopes Del Nero

Os personagens e as situações desta obra são reais apenas no universo da ficção; não se referem a pessoas e fatos concretos, e não emitem opinião sobre eles.

Dados Internacionais de Catalogação na Publicação (CIP)
(Câmara Brasileira do Livro, SP, Brasil)

Vieira, Jeovanna
    Virgínia mordida / Jeovanna Vieira. — 1ª ed. — São Paulo : Companhia das Letras, 2024.

    ISBN 978-85-359-3659-9

    1. Ficção brasileira I. Título.

23-186517   CDD-B869.3

Índice para catálogo sistemático:
1. Ficção : Literatura brasileira B869.3

Cibele Maria Dias – Bibliotecária – CRB-8/9427

Todos os direitos desta edição reservados à
EDITORA SCHWARCZ S.A.
Rua Bandeira Paulista, 702, cj. 32
04532-002 — São Paulo — SP
Telefone: (11) 3707-3500
www.companhiadasletras.com.br
www.blogdacompanhia.com.br
facebook.com/companhiadasletras
instagram.com/companhiadasletras
twitter.com/cialetras

Para Joaquim, Bento e nosso tempo
urgente sacrificado.

Para Mariama Sabi, tudo o que descobrimos uma da outra neste exercício escafândrico.

Raízes

Do meu quarto, escuto as crianças no quintal, as matriarcas se trançando enquanto bebem vinho branco com pau de canela. Da cozinha sobe o cheiro de cúrcuma, coentro e cominho. É coisa de tia Dita, a mistura do caril fresco é coisa dela. Dentre as vozes das minhas tias e a bateção de panela vem o barulho da cebola refogada no dendê. Hoje tem caril de camarão com farofa de dendê que costumava ser meu acompanhamento favorito, hoje é minha quizila. Não posso comer mas adoro sentir o cheiro inebriar. Eu vou de arroz de coco.

Há uma festa em curso no Bosque da Saúde. O sobrado, vestido de buganvília magenta, recebe minha família que veio do Rio para inaugurar a estátua da minha tataravó, parteira na região da Sé nos idos de 1800. Fui escolhida para fazer as honras, representar as mulheres da família e dizer algumas palavras sobre a Benedita, que abriu os caminhos para as outras cinco gerações de Beneditas e para a minha, que não tem Benedita nenhuma.

A primeira Benedita foi parteira e, como parteira, era uma presença capaz de determinar o destino da mãe e da criança. Se

Benedita estivesse com suas preces, ambas seriam salvas. Benedita nunca se negou a assistir a um parto que fosse. Desde que pudesse fazer seu benzimento, seu banho de ervas e conversar com suas raízes. Raízes, assim ela apelidou seus guias para engrupir os vigilantes de práticas da sua fé. Sua filha, a segunda Benedita, ouviu da boca da mãe que jamais havia se desconectado de seus ancestrais; bem debaixo do nariz da igreja católica, conseguiu praticar plenamente sua magia. Do encantado recebeu o dom de fazer a passagem para a vida. Os antigos eram invocados numa toada de preces e em dialetos que não permitia intromissão de outros interlocutores. Era um papo de Benedita com suas raízes. Não passava despercebido, mas era tolerado — era melhor ouvir os murmúrios da preta velha que os gritos que uma mãe dá quando cai a primeira pá de terra em cima de uma miniatura de caixão.

A estátua da minha tataravó faz parte de um conjunto de instalações. Beatriz, bisneta de Benedita e minha mãe, é a engenheira responsável pela fundação das obras nesse chão. O projeto homenageia mulheres e homens trazidos de África, e os descendentes daqueles que fizeram forçados a travessia e tingiram a história de São Paulo com suas passagens.

Na Praça da Sé, Benedita estará acompanhada de Joaquim Pinto de Oliveira — o arquiteto Tebas — e do abolicionista Luiz Gama. Na praça da cúpula dourada, protegidos por concreto e aço, os três vão guardar um naco da memória da cidade, dentre tantas outras que jamais conheceremos.

Pedi a Maya que viesse passar esse fim de semana comigo em São Paulo. Um, porque estava morrendo de saudades. Dois, por ser minha amiga de infância ela está automaticamente convocada para todas as festas da família. Três, porque eu queria a melhor para trançar meu cabelo. *Box braids* dessa vez. Sentada diante do espelho, pisco para o reflexo da minha mãe, que acaba de entrar no quarto, a tempo de ouvir que eu não ia trançar nagô, o que ela escolheu para si.

Mamãe está linda, encostada no marco da porta, quem sabe revisando sua trajetória. Bordando com a linha da minha existência a história da nossa família. Um gole matador na cachaça de funcho, e, erguendo o copinho no ar, provoca, Quero ver vocês mais tarde no punga. Não é natal, mas vai ter jongo depois da ceia.

Minha mãe, dona Beatriz, que costuma dizer que sentada embaixo da árvore vê mais longe que eu em cima, encosta no batente da porta enquanto meu companheiro se esgueira para entrar no cômodo também. Maya, você pode fazer meu penteado depois?

Sinto uma pressão, uma vertigem, um enjoo, o pedido vem acompanhado de um bolor de incômodo. Presto atenção no rosto da minha mãe, que perdeu a graça. Henrí, não vai dar tempo, Maya vai se preparar pra cerimônia também, é nossa convidada. Você podia ter me dito antes, meu bem. Minha mãe escolhe algumas palavras para lembrar Henrí de onde ele vem, Henrí, sabe que quando eu fui pra Buenos Aires as pessoas me paravam na rua e pediam pra tocar minha cabeça, trança não é muito comum lá, né?

Seu pé no meu pagode

Henrí está há mais de vinte anos no Brasil e entende os subtextos, faz até ironia em português, o que exige uma língua afiada. Para desviar do climão que meu marido causou querendo se fantasiar, me deixando empapada de vergonha, solto um, Alguém viu Penélope por aí? Henrí está disposto a não deixar a bola no chão. Vou dar uma volta no pátio olhando pra baixo, se eu encontrar a sua P. mando ela vir te chupar, alfineta Henrí, que não perde a oportunidade de vulgarizar o nanismo da Penélope. Ele ruma em direção à saída, para a porta em que minha mãe continua encostada. Maya segue o trabalho com as mechas, mantendo minha cabeça estática. Do espelho, fito dona Beatriz se recolher contra o batente, num movimento de evitar que qualquer pedaço do seu corpo encoste em qualquer parte do corpo do meu marido. Um gesto capaz de definir a palavra desgosto.

Maya e eu somos amigas desde crianças. Numa tarde daquelas de um sol pra cada um, estávamos subindo Santa Teresa, em direção ao Largo das Neves, carregando as mochilas da Company superpesadas, na volta da escola. Quando passamos em frente a um portãozinho azul com um alguidar concretado no muro, pedimos a bênção para uma senhorinha cega que lentamente colocava a cadeira na calçada. A senhora pediu que a gente se aproximasse e disse, contado como se em segredo, que nosso caminho era feito de pedra de turmalina e ouro. Foi a única vez que vimos a velhinha, apesar de seguirmos fazendo esse caminho até o fim do ensino médio.

Maya perguntou para a mãe, dona Idalina, o que significava aquilo. Significa que você e Virgínia têm o caminho do dinheiro. E é fato que cada uma, na sua profissão, teve sucesso nas empreitadas. Eu como advogada de grandes corporações, e ela a trancista de todas as pretas famosas do Brasil, até Beyoncé fez questão de ter Maya como *hairstylist* quando veio para cá.

Maya baixa os olhos, evitando me encarar. Bora tomar um gim?, tento cortar a massa áspera de tensão que pesou o ar. Bora. Me esforço para um sorriso, mas a nuvem carregada de angústia está estacionada sobre minha cabeça. Com o tempo, percebi que essa nuvem também pairava no céu da minha família, que, constrangida, se esquivava dos meus convites; e o céu ficava turvo também para minhas amigas, que sempre guardavam na boca um pedaço
de palavra
que parecia
ser

cuidado.

Hidra de Lerna

Penélope e eu somos ligadas. Ligadas e ponto. Emboladas de um jeito que eu até gostaria de desenredar. Desse modo, ela não consegue me enganar, não precisa me dizer nada, sei exatamente como ela funciona. Da minha parte, por mais que eu tenha uma família aquilombada, amigas da infância, dois casamentos nas costas, é a P. a única pessoa capaz de perceber tudo aquilo que me esforço para passar batido. Mesmo quando se cala, para não me desmascarar, enumera na cumplicidade do silêncio todas as mentiras que conto para mim mesma. Penélope tem passe livre para dentro da minha cabeça, a gente não sabe bem como interromper nossa simbiose. Gostaríamos de traçar uma linha que nos proteja com algum limite, fazendo a fronteira das nossas individualidades. Mas somos um bicho articulado, ponta num corpo e talo no outro, e no momento que talo sabe, ponta fica sabendo também, como uma sinapse em dois corpos.

Penélope não tem muito jeito para dizer o que deve ser dito. Nenhuma abordagem da P. me machuca, mas tem efeito colateral. Preciso de períodos afastada, vivendo outras dinâmicas de relacionamento, com pessoas que não me leem com tanta precisão. As verdades da P. são como água fervente numa planta sedenta.

    Do lado dela as coisas complicam um pouco mais. Enquanto eu procuro colo, Penélope quase sempre se recolhe quando não quer dividir sua peleja de um período comprido de melancolia. Uma vez perguntei por que se esconde. P. some porque minha reação é ficar deprimida junto, e o que ela precisa é de alguém que seja tão eficiente quanto ela nos dias bons. Talo dói, ponta dói. Quando ela some das minhas vistas, sei que Dóris está cuidando da minha P., somos as pessoas umas das outras.

Só sangue do meu sangue e a P.

Está quase na hora de a gente ir para a Sé, inaugurar Benedita. Na lista de afazeres para qualquer festividade da nossa família, consta: maquiadora, aluguel de louça, mesa, cadeira, comes e bebes, grupo de pagode ou de jongo, a depender da ocasião, e fotógrafo. Sempre um fotógrafo.

Na casa onde a bisavó da minha mãe, a segunda Benedita, começou nossa história no Rio de Janeiro, minha mãe e minhas tias fizeram uma espécie de memorial. Não sei bem quando a tradição começou, mas no dia de nascimento de algum galho, em ocasião de festa no terreiro, casamento, aniversário, ou simplesmente quando a gente se reúne para batucar 25 de julho, contratamos um fotógrafo para registrar o encontro dessa árvore que somos nós. Depois minha mãe, tia Dita ou alguma das irmãs imprime, emoldura e pendura na parede da casa da infância, transformada em relicário.

Minha mãe vive falando que temos de enfeitar o corredor da memória para lembrar que somos livres, senhoras e senhores dos nossos *oris*, com a permissão dos nossos orixás. A gente leva isso ao pé da letra, hoje tem poucos espaços livres para colocar um novo porta-retrato.

A cada foto nova pendurada na parede, a presença da minha avó se renova através dos seus galhos. Seja na semelhança estampada no rosto das filhas ou na realização dos sonhos que ela sequer ousou sonhar para cada um de nós. Minha impressão é que as paredes antigas se mantêm de pé apenas para sustentar os registros das nossas reuniões. Sinto que as fotografias estão aí também para mostrar que temos uma base sólida, não somos desgarrados, filhos de chocadeira. Assim, nenhum galho de Benedita se permitiria passar por essas merdas que agora eu passo sob olhares incrédulos.

Na ampla sala do sobrado estamos todos prontos, sobe o perfume de arruda. Eu gosto quando a gente tá assim, na beca. As vestes de linho cru e o colorido das capulanas compõem o cenário. Hora da foto, todo mundo se organiza em volta das matriarcas, sentadas, mãos postas nos colos, algumas mãos entrelaçadas, e as crianças sentadas de borboletinha aos pés das avós. Nos pés da minha mãe, um vazio. Um sobrinho-neto, que fica apertado no pé da avó, avança, preenchendo o lugar do galho que eu ainda não dei.

Penélope vai para trás do fotógrafo e confere a postura do cara, já que ela não alcança o visor da câmera encaixada no tripé. Henrí grita da escada, Tô chegando, tô chegando. O fotógrafo segura o clique esperando meu marido, eu não vejo a cara de ninguém porque estou em pé, atrás da minha mãe, segurando sua mão, apoiada nos seus ombros. Nessa hora, ela me aperta. Minha tia Dita e minha mãe se entreolham e cabe a tia Dita dizer, Espera um pouco, Henrí, agora são só os parentes de sangue, E a P., minha mãe complementa, convidando minha Pequena a ficar em pé ao seu lado. Penélope recusa, dizendo que vai na próxima com os demais agregados. Melhor assim.

Tenho uma voz na minha cabeça, além da minha própria; geralmente me humilha, hoje me alerta, Essa coisa vai te engolir. Tento defender minha história com Henrí, a gente funciona desse jeito, a gente é tudo o que poderia ser. Aí está meu nó: a gente também é o que poderia ser.

Bahia pra lhe ver

A gente também é.

Fiz um teste com Henrí. Não foi exatamente um teste eliminatório. Pensando dessa forma, deveria ter feito antes de ir morar com ele. Comprei passagens para a Bahia assim que levei minhas malas e algumas caixas para o sobrado. Na programação, incluí um bate e volta a Cachoeira e a Santo Amaro, além de três pernoites num hotel em Salvador para apresentar a Henrí meus lugares preferidos, do Farol da Barra ao Ilê Axé Opô Afonjá.

Saímos de São Paulo no dia 1º de fevereiro, depois de dar todas as ordens para a pequena reforma da minha nova casa, o timing era perfeito: encaixar uma viagem para saudar a soberana, mãe de todos os orixás, enquanto a empreiteira dava um jeito naquele lugar onde eu iria viver com Henrí.

Ir para a Bahia é uma coisa que eu faço todo ano, desde pequena com minha mãe, depois com Renê, algumas vezes com Maya, mas nunca com um cara branco, ainda mais gringo. Durante o voo, começou a bater uma neurose, devia ter escolhido um hotelzinho em Itamambuca? De repente, fiquei com a sensação de que o lance todo tinha escalado rápido demais. Agora estávamos a caminho, e o medo era que pudesse ser desgastante ter de explicar tudo para Henrí, envolvê-lo na programação, deixá-lo à vontade. É um ótimo dia pra aterrissar em Salvador, o piloto corta meu pensamento. A agonia foi substituída pela sensação gostosa de mostrar meu mundo a alguém que tinha tanta vontade de entender minha origem e minha fé. A paixão compensa. Então, nada melhor que esses dias na Bahia, a próxima viagem será para o Rio para apresentar minhas tias e tios, os primos, os galhos. Mas antes de tudo, com a maior urgência, precisava que Henrí conhecesse Beatriz, minha mãe, o que já estava combinado de acontecer. Quando a gente chegar da Bahia, ela estará nos esperando em São Paulo.

Na área de desembarque, Henrí cumprimentou o taxista e pediu para que nos levasse ao Amarelindo, com o telefone na mão, calculando o tempo de chegada ao hotel que eu havia reservado. Pirulin, sempre quis conhecer esse lugar, Henrí se enrolava ao pronunciar as palavras, um charme por si só. O taxista entendeu o destino de bate-pronto. É, vou fazer o papel de cicerone, mas feliz.

Chegamos ao hotel com vista para a Baía de Todos-os--Santos, jogamos as malas num canto e fomos para a varanda, contemplar a vista. Tudo era urgente. E precisávamos correr para a feira São Joaquim antes que fechasse. Henrí estava entusiasmado com a ideia de comprar um barquinho, colocar rosas, água de cheiro, velas azuis e brancas e fazer parte de uma celebração pra Yemonjá, pela primeira vez. A gente acabou atrasando um pouco porque foi inevitável transar em todos os ambientes da suíte, começando pela varanda.

No outro dia, antes da alvorada, levamos nossa versão mais comercial de oferenda para o Rio Vermelho, sem todos os preparos que eu fazia com a minha mãe. Henrí escreveu nossos nomes num papel branco. Dobrou, botou aos pés da imagem dela, tomou o barco das minhas mãos e pousou no espelho d'água, bem na hora que o sol apontou. Ele me abraçou por trás e ficamos olhando aquele barquinho indo devagar. Eu tinha falado para Henrí que quando a oferenda retorna intacta é porque não agradou, e ele perguntou se ficaríamos para esperar o movimento da maré e se certificar de que a *Iemamãejá*, outra palavra que ganhava jeito próprio no falar dele, não ia devolver nosso barquinho. Eu disse que tinha certeza de que não era o caso e propus irmos ao hotel tomar café da manhã na cama, ele topou.

Henrí foi o melhor companheiro de viagem possível. Faço o exercício de destacar as vezes que ele aceitou o papel de coadjuvante, perdendo o protagonismo para a cidade. Apesar dos poucos e corridos dias, colecionamos tropicadas nas pedras da praia do Solar do Unhão, voltamos amparados um no corpo do outro pelo Terreiro de Jesus, depois de ficarmos breacos de tanta caipirinha de caju com limão do bar do Cravinho. Não dá para esquecer que nessa viagem o tempo, que é rei, ordenou o fluxo dos acontecimentos sem a intromissão de ninguém. Sem falar que mal precisei pensar na logística de celular, chaves, documentos, ingresso, reserva para restaurante, horário de funcionamento das atrações. Deixei meu cartão com ele, que se ocupou de resolver os perrengues que sempre sobravam para mim. Pude curtir. Pela primeira vez, alguém estava no comando. No barco, voltando de Itaparica, me disse que nunca teve uma conexão tão forte com alguém, parecia que me conhecia a vida inteira. Doido pra chegar à nossa casa e começar uma vida nova com você, Vi.

Eu também, Henrí, eu também.

Abuelas de la Plaza de Mayo

Henrí é de 77, sete anos mais velho que eu. Filho de uma atriz de teatro de certo renome em Buenos Aires com um pintor doidão, ambos doidões, Henrí nasceu em plena ditadura argentina, em Palermo Soho. Enquanto a mãe dele estava em trabalho de parto, a avó, María Isabel, protestava pelo desaparecimento da filha mais velha e da neta com as Abuelas de la Plaza de Mayo. Ao fim de um ato, María Isabel tirou o lenço branco da cabeça e caminhou em direção ao ponto de ônibus, do outro lado da rua. Despediu-se de algumas companheiras e nunca mais foi vista. No mais profundo luto, María Rosa pariu Henrí sozinha, e sozinha cortou o cordão.

A gente sabe bem dessas coisas porque o Canal 9 fez um documentário sobre a vida de Henrí, que o tornou uma espécie de celebridade infantil. Lembro do mal-estar que senti quando assisti ao documentário pela primeira vez, e depois tantas vezes que sou capaz de refazer a voz em off falando do menino torturado que teve um pedaço do fígado extirpado, mutilado de tantas formas e repetidas vezes pela própria mãe. O tom em si não era apelativo, afinal a história toda é dramática o suficiente. Mas achei um pouco demais a parte em que a repórter insinua que as intervenções da mãe sobre o corpo de Henrí poderiam ter por motivação "excesso de zelo ou de raiva, já que aquela criança era tudo o que lhe restava e a prendia à dolorosa existência, como uma âncora".

O caso do menino Henrí ficou conhecido na Argentina. A criança que sofreu cento e trinta e uma intervenções cirúrgicas ou procedimentos considerados invasivos até os catorze anos, segundo a denúncia. No documentário, os médicos contavam como foi prejudicial cada procedimento desnecessário realizado com base nas fabulações da mãe de Henrí. Aquela jovem mulher, mãe dedicada, não tinha levantado qualquer suspeita, até que, numa entrevista protocolar, uma assistente social do hospital ligou os pontos. María Rosa foi diagnosticada com síndrome de Munchausen por procuração, e a justiça argentina a condenou a cumprir pena num sanatório na região do Delta do Tigre.

O mais louco disso tudo foi o fato de Henrí ter virado uma celebridade. O mesmo canal pegou carona na popularidade do garotinho e enxergou uma forma de ganhar dinheiro na comoção que despertou. As cartas chegavam aos montes para a criança que fez a Xuxa chorar. Henrí realizou o sonho de subir na versão argentina da nave e aterrissou num programa todo seu. Virou apresentador de televisão do tipo que guiava gincanas, convidava atrações musicais e vendia brinquedos, vestido em modelitos desenhados para parecer sempre um menino, sempre inocente, sempre digno de piedade. Aos quinze, tinha um contracheque de gente grande, estava emancipado e mantinha, com luxo, a si e ao pai com o salário da sua desgraça.

Aos dezenove, Henrí já não convencia mais os patrocinadores. As cartas minguaram, a história foi ficando para trás.

Surgiu um convite para participar de uma série de TV em São Paulo. Henrí olhou apenas para a frente, desejando que o passado não o acompanhasse — como se isso fosse possível.

Unidas da Lady Gata

Conheci Penélope e Dóris quando trabalhava numa empresa de eventos que produzia a Copa do Mundo de 2014. Antes de entregar a da África do Sul, a Fifa já tinha montado a equipe para o evento no Rio de Janeiro. Foi um alívio encontrar as duas no meio de tanta gente de nariz empinado. A amizade que começou com um contrato de trabalho virou essa família que hoje somos.

Ainda fazemos piada do quão diverso é o mundo corporativo: muitos sobrenomes alemães, italianos, espanhóis, franceses e americanos. Vários tons de brancos, de muitos estilos. Menos na cenografia, setor em que a P. chefiava os vários Silvas, Pereiras, Souzas e Oliveiras.

Penélope parava na estação de café e ficava lendo em voz alta o texto dos quadrinhos de missão, visão e valores. Provocava o diretor, enquanto dava golinhos no *espresso,* Você sabe, né? Só tá faltando um unicórnio na minha baia. A baia em questão era nosso posto de trabalho, onde formamos um dos vários times de produção das cerimônias oficiais da Copa. Eu respondia pelo jurídico do lance todo, nenhum papel era assinado sem que eu analisasse cada palavra que deveria estar em consonância com os parâmetros internacionais.

Dóris era coordenadora de comunicação e imprensa, precisava aprovar qualquer mudança de vírgula com os caras da Fifa, e tinha de ser pessoalmente, porque o ancião que respondia pelo cliente preferia assim. A vida dela era entrar no prédio da Fifa na Avenida das Américas, tomar chá de cadeira, ser assediada, apresentar as peças impressas, ter seu material subsupervisionado, ter todos os dias a sensação de que isso poderia ter sido resolvido num e-mail, ficar horas no trânsito de volta para o QG e enfim fazer aquilo que deveria ser feito, sem perturbação, com o ego do velho devidamente punhetado.

De manhã, quando a gente chegava à nossa baia, tinha sempre um gato branco deitado na mesa da P. O encarregado da limpeza disse que podia dar um jeito nele, Tá tranquilo, o bichinho não faz mal pra ninguém. No começo era o gato do hangar. Depois virou o gato da nossa ilha. Até que chegamos um dia pela manhã e o bicho parecia meio morto. Nunca vi alguém tão desesperado pela vida de um animal que sequer lhe pertencia. Foi aí que ele virou o gato da P.

Penélope segurou o gato, que mais parecia um tigre-de-bengala em seu colo, e correu com dificuldade em direção ao pátio. Pediu ao seu Geraldo, o motorista, que o levasse ao veterinário mais próximo, e rápido. A lamúria da P. durou uma semana, o tempo da internação. Penélope foi visitá-lo todos os dias e voltava com boletins não solicitados da evolução do quadro. Eu não aguentava mais aquela ladainha toda. Quando ela voltou com o bicho recém-operado dentro da caixa de transporte, seu Geraldo despontou atrás com sacolas enormes, trazendo o enxoval completo comprado no pet shop. Penélope depositou a caixa cuidadosamente no canto da sua mesa. Dava para ver um colchãozinho xadrez. Não tem o gato? Então, não tem. É uma gata. Penélope mostrou a plaquinha de identificação com o nome Lady Gata e o número do celular dela. É isso, agora a gata mora aqui com a gente. Alguém tem alergia? Bateu uma caixa de Fenergan em cima da mesa. Sem protestos.

Não existia cenógrafa como Penélope. Bem cotada, disputada, trabalhava havia anos para a empresa que arrematou a conta da Copa. Rodou o mundo fazendo esse tipo de evento, produzia em qualquer terreno, nas mais diversas condições, oferecendo apenas sua competência. Não tinha tempo para simpatia, nunca quis ser do grupinho dos descolados, aqueles que eram convidados para todos os debutes, embora fosse uma das pessoas mais legais que eu já tinha conhecido. Não escondia de ninguém que fazia aquilo só pela grana, a paixão dela era o teatro e, assim que enchesse as burras de dinheiro, voltaria a montar peças e, quem sabe, dirigi-las.

Penélope tinha vida dupla. Assumia uma personalidade nas reuniões com as ditas mentes criativas, no hangar dos escritórios, e exercia com satisfação o ofício de comandar os peões no galpão da fábrica. Era de pó de serra, tinta, moldes e montagens que Penélope entendia, e com os soldados, assalariados, ela ficava à vontade para criar. Preferia conversar com pessoas com problemas ordinários, como o preço do gás de cozinha ou a operação policial na comunidade. Se interessava pela atmosfera de complexidade natural do ser humano carioca.

Não era raro chegar lá e pegar Penélope com sua equipe fazendo batalha de passinhos, ela com as pernas curtas e ágeis entre caixas de som portáteis que brilhavam e piscavam. Reparava na cabeça dos peões que faziam questão de manter em dia os cortes do Jaca, desenhados na navalha. As sextas eram dias de banquete, Penélope pedia McDonald's para todos e depois mandava a notinha para reembolso. E ai de quem contestasse.

Eles se chamavam de peões e pediram que a P. pusesse uma placa bem na porta da sala de convivência. Era um tal de "menino da lixadeira", "menino da Makita", "menino que descarrega", que resolveram se apropriar do nome pelo qual os almofadinhas da empresa os chamavam pelas costas. A Penélope tinha dois estados de espírito. No galpão, a P. deixava de lado a máscara de emburrada usada no atendimento. Com a chefia, ela observava o jogo de cena dos mandachuvas enquanto acariciava Lady Gata, gigante no seu colo, miando comprido.

Careta e covarde

Nossas mesas foram instaladas bem na entrada. Assim que o imenso portão de correr do galpão se abria, nossa pequena ilha dava as boas-vindas. Construída como todas as outras baias: com mesas geminadas e material de escritório caro. Graças à disposição circular das cadeiras, nós três passávamos o dia inteiro nos olhando por cima dos computadores. Somados, nossos times ocupavam outras cinco baias, cada uma com cinco ou seis pessoas numa linha reta em direção ao fundo do galpão. Sob nossa coordenação, estavam os advogados, jornalistas, arquitetos, ilustradores e designers de projeto. A ilha foi posicionada meticulosamente perto do living, da recepção e do posto de café. Faria mais sentido se estivéssemos, cada uma de nós, relacionadas às equipes que comandávamos; mas, por alguma razão, nos dispuseram juntas nessa espécie de vitrine.

Depois de tomar muita patada, o pessoal da diretoria passou a evitar tanta bajulação. Eles eram desautorizados na frente de todo mundo, em especial por P. e Dóris. Certa vez, o sócio da empresa, reconhecidamente conservador, afixou uma bandeira de arco-íris na área do café. Quando Dóris chegou, Penélope mostrou a bandeira, Aí, Doriana, a família tradicional brasileira te ama, arrancando risada de deboche de muitos funcionários e deixando o sócio triste, por ter sido incompreendido.

Dóris já estava de saco cheio. Desde que ficaram sabendo que Marina, sua mulher, estava grávida, um sócio, em particular, passou a bater ponto na mesa dela. O interesse pela gestação era artificial e usado de forma bem pontual para que ele fizesse lobby com os clientes e investidores.

Penélope brincava que a gente tinha imunidade para tratar o sócio feito um imbecil. Ficava muito nítido que seu interesse era lavar a imagem dele ou impressionar fiscais de paridade no Compliance da Fifa. Até que ele, consternado com a nossa ingratidão, parasse de nos encher puxando conversas fora do contexto de trabalho, seria escorraçado da nossa ilha, era o combinado.

Fora das reuniões com a alta cúpula, o homem sempre se dirigia a Penélope com certo paternalismo, apesar das credenciais dela. Mas o corte vinha certeiro: Você não precisa falar tatibitate comigo, o meu cérebro funciona tal qual o seu.

Os peões da marcenaria produziram um piso elevado para a cadeira da P. e também um bloco para que as pernas dela ficassem apoiadas, e não balançando tipo perna de criança. Um erro na conta fez com que P. ficasse mais alta que Dóris e eu. A primeira vez que ela se sentou no seu palco particular, cortou uma coroa de papel sulfite, grampeada na parte de trás, e propôs um brinde a ela mesma, a rainha da Ilha de Cotas, com um copo ecológico personalizado.

A gente só confraternizava ali pela Barra da Tijuca, geralmente com um ou outro agregado. Passamos a despistar outras pessoas que quisessem se juntar a nós, as lendas do hangar, para termos mais privacidade. Falávamos do trabalho, depois, mal das pessoas do trabalho, em seguida, da vida particular, enquanto esperávamos o trânsito melhorar para ir para o Centro, numa crescente de intimidade. Nessa época, as meninas ainda moravam em flats, benefício oferecido pela empresa, e eu ainda dividia a casa com Renê, com quem eu estava junto desde a época da faculdade.

    Não demorou muito para a gente achar um lugar com a cerveja mais barata, mais gelada, com um pouco de música de máquina, perto do trabalho. Num desses dias de happy hour, avisei que não podia demorar muito com elas porque ia ter angu à baiana e pagode no quintal da minha avó. Vocês podiam vir comigo, hein? Ninguém fez charme. Vamos, levantaram da mesa, pagando a conta, parando um táxi. Se fosse um namoro, essa seria a data a ser comemorada com trocas de presentes e cartões românticos. Foi nessa noite que as paulistanas foram adotadas pela minha família.

Comercial de Doriana

A P. é a simbiose ponta-talo. Dóris é minha melhor amiga. A distância que mantenho de Dóris é o atestado de saúde da nossa relação.

A circunstância em que a gente se conheceu é o inverso da que vivemos hoje. Dóris e Penélope eram as paulistanas vivendo no Rio de Janeiro. Dóris já morava havia um tempão com a namorada, Marina, que ia passar o fim de semana inteiro no Rio. No começo, a empresa custeava o flat onde Dóris morou na Barra da Tijuca. Mas depois de um ano trabalhando juntas, fazendo happy hour juntas, emendando um Galo Velho juntas, indo para a quadra da Mangueira juntas, tomando a saideira na padaria Santo Amaro juntas, e indo viradas cada uma para suas demandas, com a cara de ontem, Dóris foi morar comigo na casa que eu dividia com Renê, meu ex-marido, na época ainda marido, em Santa Teresa. Renê era cinegrafista e estava sempre fora. Dóris pôde incorporar o valor economizado no flat ao seu salário. Às vezes, a gente reunia todo mundo, a comunhão tinha sensação de casa para mim. Sempre que podíamos, estávamos juntos, P., Dóris, Marina, Renê e eu.

Durante a semana, éramos só Dóris e eu. Depois do expediente, ficávamos deitadas no tapete, de barriga para cima, e os pés no sofá, como duas adolescentes matando o tempo no chão da sala; bebendo cervejas como se fosse sempre sexta, dançando música brega, cozinhando receitas de repertório internacional, fazendo confidências e assistindo a filmes melodramáticos para chorar. Nessa época, começamos a ouvir que os trinta anos eram os novos dezoito. Dóris é cinco anos mais velha que eu, e a idade recalculada fazia sentido pra gente.

Foi para ela que verbalizei primeiro que talvez não amasse mais Renê, não amava romanticamente, mas adorava que ele estivesse ali compartilhando as histórias da viagem mais recente, os perrengues de captar imagens noturnas na Amazônia colombiana. Foi para ela que eu contei que estava flertando com vários carinhas e até marcando uns encontros no aplicativo, pelo simples fato de querer sentir um pouco de frio na barriga. Acabei não consumando nada, mas sabia que, para Renê, o flerte era suficiente para configurar traição, porque a intenção é o que importa. Quando disse que estava pensando em me separar, a reação dela foi encostar a cabeça no ombro, me fitar com as sobrancelhas arqueadas e passar a mão na cabeça três vezes. Uma coreografia em meio ao silêncio que eu rompi. Fala logo o que você tá pensando. Por que tá me olhando desse jeito?

Na rodada de verdades entaladas, Dóris me confessou que não queria mais pensar em filhos, mas que o desejo de Marina era retomar o processo de reprodução assistida. Recomeçar já com a inseminação depois da sequência dolorosa de abortos por repetição. Dóris disse que se preocupava com o timing da chegada de uma criança para duas mães que beiravam os quarenta. Tinha medo de que o relacionamento não suportasse. Não é que eu não queira filho, filhos, no plural. É que essa conta de tempo não fecha. A cada fertilização que não dá certo, a Marina fica mais obcecada com esse lance. Ela programou um bebê pra depois da Copa. Um bebê encomendado, e se a cegonha não entregar? Não vai ser a primeira vez que ela encomenda e a entrega não chega. Que estranho que a gente esteja falando de uma criança, né? De um filho. Você vai estar na Rússia e eu trocando fralda de cocô, já pensou? Com quatro anos a criança já se limpa sozinha, não? Acho que não. Vamos dar uma googlada.

A gente construiu nossa relação contando a vida desde a primeira lembrança de infância, elaborando juntas nossas questões, usando o sofá de casa como divã. Dóris, minha melhor companhia de copo, dupla de noites longas acompanhadas de muito delivery de cerveja, se arrastava comigo nos turnos emendados no dia seguinte.

Penélope não gostava de perder noite. Ficava em casa, fumando maconha, mudando os vinis de rock de lado enquanto era massageada pelas patas da Lady Gata. Era do alto de uma vida regrada que Penélope nos julgava. Quando a gente chegava estragada, P. dava um jeito de salvar nossa pele. Requeria nossa presença em visitas técnicas inventadas. Justificava nossa saída e aproveitávamos a viagem de ida, o tempo da visita e a viagem de volta ao hangar para dormir. Às vezes, era apenas esse tanto de sono que a gente conseguia.

Numa crise com Marina, Dóris saiu com a equipe da comunicação e transou com um cara. A mancada rendeu uma separação dolorosa e um grande período de fossa. Dóris rastejava atrás de Marina, implorando por perdão. Marina viu uma oportunidade de apresentar condições para reatar o casamento, impôs que Dóris voltasse para São Paulo ao fim do trabalho e que elas tentassem outra inseminação imediatamente. O jogo virou e, depois da decisão de reatar, em vez de receber Marina no Rio todo fim de semana, foi Dóris quem passou a viajar.

Dessa vez o positivo veio, graças a Oxum, e depois de três meses, quando a gravidez de fato vingou, a vida de Dóris começou a mudar nos arranjos. A transferência que pediu para o núcleo de São Paulo saiu quando Marina estava com sete meses de gestação e de repouso absoluto por causa do risco de um dos bebês nascer prematuramente. A encomenda de Marina estava a caminho e veio em duplicidade. Dóris foi a primeira de nós a abandonar a Ilha. A última a sair que apague a luz.

Quando fui visitar meus afilhados, sentei numa cadeira na varanda e dali vi o retrato da realização: um casal amoroso, bebês instagramáveis, e um cachorro caramelo vigiando tudo com olhar de pertencimento. Dóris e Marina, se quisessem, poderiam viver de fazer propaganda de margarina.

Transformar amor em amor

Renê faz poesia ao captar as imagens de orcas, minhocas, formigas enfeitiçadas virando cogumelos. Era poesia quando acompanhava com a lente a folha cair, cair, ir de encontro ao chão. Ele e Penélope eram a tempestade perfeita para o meu conforto emocional. Quando não estava viajando para filmar, se enfiava na ilha de edição que montou em casa. A sensação de vê--lo entrando no estúdio para baixar as imagens era igual à de uma noite qualquer de natal. O que será que tem aí?, era engra-çado ver aquele homem grande esfregando as mãos enquanto descarregava os cartões de memória depois de uma viagem den-tro de uma floresta densa; um menino ansioso para descobrir o que papai noel deixou debaixo da árvore. Até parece que não ti-nha sido ele mesmo a filmar. Renê adorava quando as meninas estavam por perto. P., corre aqui!, dava play na imagem para que ela percebesse a ínfima natureza. Todas aquelas coisas exatas que não se revelam aos olhos dos homens, pouco documenta-das. Te pagam pra você ficar chapado no meio da mata, brincando de escoteiro, filmando os animaizinhos trepando?, Você não tem coração, Penélope.

Renê não é do tipo carioca esperto, não é malandro de nenhum lugar. Ganha vantagens por ser discreto e é verdadeiramente livre, porque o que deseja é sempre barato, a moeda não é sua paz. Sabe percorrer o caminho que o leva para esse lugar quieto, silencioso, cheio de pequenos milagres. Uma viagem calma e para dentro, calma demais, para dentro demais. Nosso casamento tinha uma certa despretensão. De caminhar um pouco a cada dia, a gente passou uma década juntos. Não era alguma coisa que idealizamos, com algum objetivo, era algo que simplesmente estava lá, brotando como água de pedra, amor em forma líquida. Com o tempo, Renê foi se tornando alguém com quem eu queria envelhecer ao lado, mas para viver eu precisava de alguma droga mais forte. De tanto não levar a briga adiante, de tanto proteger o outro do barulho interno, nosso amor se modificou. Esse tipo de amor não é capaz de morrer.

Serpentário

Aos domingos, a gente se reunia, Dóris, Marina, as crianças, Henrí e eu, no terraço da nossa casa, para comer a *parrilla* que ele preparava. Juntávamos pratos — a especialidade de cada um —, bebíamos e ficávamos ali trocando dicas de música, entusiasmados. Henrí e eu aproveitávamos para nos conhecer, nos firmar como casal, criar uma narrativa para nós, envolvendo pessoas que eram importantes para mim. Pouco a pouco, de maneira quase despercebida, eu deixaria de figurar como Virgínia e passaria a constar como parte de um casal.

Viramos dupla na boca de Dóris, que tirou Henrí da clandestinidade da minha vida. Ela quis conhecê-lo, entender seus pontos, intermediar sua solidão, integrá-lo. Ela bem que tentou. Penélope, por sua vez, sentia uma indisfarçável aversão. Não se disponibilizou, não abraçou o movimento.

Henrí não conseguiu manter por muitos domingos nem o clima ameno nem o que hoje eu leio como disfarce. Mais pela sua condição de ser humano do que pelo pouco talento como ator. Dóris viu, e eu vi também cada derrapada nos comentários, a forma que dizia sempre o que queria em tom de brincadeira, feito um embuste. A gente mudava o rumo da conversa quando possível, tentando maquiar cada vacilo, tudo para estender nosso tempo juntas.

Os primeiros contatos eram agradáveis, de modo geral. Ele se empenhava em seduzir contando sempre boas histórias. Essa coisa de ter fotos com a Xuxa saindo da nave gerava interesse por ele, que se demorava nessa narrativa. Cativava também pela parte terrível da história, a parte em que a mãe enlouqueceu, a parte em que ele foi cortado muitas e muitas vezes sem nenhuma necessidade. Nos primeiros contatos, quando tudo ainda era inédito, Henrí dava boas dicas de lugares para conhecer em Buenos Aires, cantava Gardel, puxava a visita para um tango, além de preparar um belíssimo churrasco. Com o passar do tempo, o encanto ia dando lugar a certa bestialidade na atitude. Uma busca incessante e ferrenha pelo controle, meu controle, dos meus sentimentos, das minhas amizades, da minha forma de ver a vida e de amar, e até da minha conta bancária.

Henrí julgou Dóris mal, deixou cair a máscara cedo demais na frente dela, contando com indulgência. Mas, por trás daquela figura doce de mãe, sempre com criança a tiracolo, sob a pele da boa ouvinte complacente, aberta ao diálogo, existia uma taquígrafa alucinada computando todas as vacilações.

Penélope desconsiderava Henrí como humano, o que na prática era bem mais cruel que odiar. Nas nossas resenhas, sem alterar a voz, repetia sua nova frase favorita, Conheço ele como porra nenhuma, enquanto botava na mesa um copo de cerveja vazio que parecia maior perto das suas mãos. Eu já te falei o que esse cara fez com Carmem. Eu fazia questão de não engrenar nesse assunto.

Na nossa intimidade, Henrí contra-atacava insinuando que tinha dúvidas sobre a natureza do rechaço da P. Dizia que o controle que ela denunciava existir na nossa relação, na verdade, queria para si. Em momentos de pouca fé, cheguei a cogitar.

Henrí não demorou a sacar que para me dominar precisava enfraquecer minha relação com Penélope e Dóris. No começo tentou se aproximar, seduzi-las, mas quando percebeu que não tinha espaço, passou a atacá-las. Penélope e Dóris, as cobras. Aquelas cobras, malcomidas têm inveja de você, Virgínia. Tomar partido era rasgar minha pele.

Eu me reservei ao ato contínuo de observar. Estava anestesiada, mas não por completo, em algum lugar do meu corpo desperto eu sentia cada golpe. Observei a linha do tempo dos acontecimentos, como essas relações foram se modificando; fui adaptando a dinâmica para que cada um dos meus universos se mantivesse seguro e sobrevivesse aos outros. Não estava disposta a abrir mão de nada, mas talvez tenha consentido em deixar a questão das duas para depois.

Eu girava trezentos e sessenta graus para olhar todas aquelas pessoas, e nesse giro percebi que estava no centro, Dóris e Penélope numa ponta e Henrí, na outra. Meu companheiro tentava cortar comunicação com terra firme. Soltar as cordas que me prendiam ao atracadouro.

O que aprendi com Renê trabalhando em um documentário sobre as cobras é que elas se alertam, se acolhem e se protegem. Cobras permanecem juntas. Já o porco chafurda na lama sozinho.

Solteira fazendo merda

As vezes que eu achei que precisava tirar o atraso de dez anos fora da pista. A vez que eu parecia que tinha mel. As vezes que eu escolhia os caras com quem eu queria sair. A vez que transei para agradar. A vez que eu fiquei obcecada por um cara casado que disse que ia separar da mulher para ficar comigo. A vez que Renê me ligou para dizer que ainda me amava. A vez que tivemos uma recaída e eu disse pra ele que nosso sexo me dava sono. A vez que eu fiz um ménage e um dos caras me explanou no grupo do meu antigo trabalho. A vez que eu saí pra conversar com o marido da minha prima e fui pro motel com ele. A vez que o cara passou quinze dias colado em mim e depois eu descobri que era porque ele estava sem lugar pra morar. A vez que eu pedi pra voltar com Renê porque ele era o único que não me machucava. A vez que o cara disse que me amava muito mas era muito ocupado pra me levar pra jantar e eu descobri mais tarde que meu apelido era lanchinho da madrugada. A vez que estava tudo indo bem e eu descobri que ele era procurado pela polícia. A vez que o cara viciado em pó pediu pra bater uma linha na minha bunda pra ver o contraste do branco da cocaína sobre minha pele preta. A vez que eu saí com uma mulher pra confirmar que, infelizmente, eu era hétero. O dia que eu não gozei. Todos os dias que eu fingi que gozei. A vez que um cara rodado me disse que depois dos trinta as mulheres são usadas. A vez que eu tinha cinco contatinhos e os mantinha em rodízio, pra ter alguém com quem sair, porque ficar sozinha não era uma opção. A vez que eu transei com um cara pra fazer ciúmes no amigo. A vez que eu liguei pro Renê perguntando por que eu tinha largado tudo e ele respondeu que eu era um buraco sem fundo, e que lamentava. A parte que eu fiquei bêbada a ponto de não saber como eu tinha chegado em casa e com rímel borrado de tanto chorar e, no outro dia, resolvi que nunca mais. Aí teve a vez que eu dei uma chance pra conhecer um cara e ficava contando os minutos pra ele sair de cima de mim, esperando que da próxima vez pudesse melhorar, porque dizem que amor é construção. Todos os dias que eu transei com homens que aprenderam a transar vendo filme pornô. A vez que Renê me contou que a namorada dele estava grávida e que, Vi, você é parte importante da minha vida, pode contar sempre comigo, mas eu preciso de espaço. O dia que eu perdi um prazo importante no trabalho porque estava correndo atrás de homem. O dia que um cara ficou comigo no fim da noite porque a pessoa que ele estava a fim foi embora com outro.

    As vezes que Maya me disse que eu não precisava de homem pra me divertir. Um dia que meu pai de santo ordenou que eu não transasse com ninguém por noventa dias. O dia que eu decidi que já tinha cumprido o preceito.

Dança e depois tudo

Quando meu contrato com a produtora de eventos estava para ser renovado, recebi uma oferta para vir a São Paulo. Era hora de trocar o ambiente *millennial* pelo velho mundo dos negócios de gente grande, onde está a grana de verdade. A proposta que recebi do banco me transformava numa executiva de tailleur no centro financeiro do país. Gostei de imaginar a Virgínia pequenininha, que subia as ladeiras de Santa Teresa carregando aquela tonelada de livros embaixo de sol, subir agora tantos andares do prédio espelhado da Paulista e se sentar naquela cadeira de tomada de decisões.

A volta de Marina e Dóris para São Paulo, depois do nascimento dos gêmeos, já estava programada. Penélope ainda ia rodar um pouco a trabalho, mas também tinha planos de voltar para a Vila Mariana, onde ficava seu apartamento próprio. Era muito conveniente para mim mudar para São Paulo, apesar da carioquice convicta. Além disso, o argumento de uma oportunidade de trabalho irrecusável e em outra cidade facilitou minha

situação com Renê, não precisei exatamente tomar nenhuma atitude: fui indo embora
aos poucos
malas pequenas
alguns livros
tão levinho
que eu acho que nem doeu.

A Copa já tinha acabado havia uns dois anos, mas meu trabalho não. Penélope deu um tiro de meta na proposta da Fifa para produzir o evento na Rússia. Como só gastava a grana dela com maconha e ração premium para Lady, estava com o burro na sombra — como minha mãe dizia — e foi produzir suas próprias peças de teatro.

A gente se via na Dóris durante a semana, porque eu viajava sexta à noite, e o calendário da Penélope seguia o cronograma das peças, não era sempre que estava em São Paulo no fim de semana. Tentávamos nos encontrar às terças sem falta, para jantar, passar um olho nas crianças e reclamar. Virou a terça das lamentações, um compromisso que era levado muito a sério.

Numa das primeiras sextas-feiras que resolvi ficar na cidade, não porque eu tivesse alguma obrigação social ou uma festa de aniversário das crianças, mas por querer aprender os segredos da noite paulistana, mandei uma mensagem de texto para P. Tô livre às 16h, bora sair?, P. respondeu com um áudio, Mano, tô no Rio, deu uma puta merda na montagem do musical, tive que pegar uma ponte aérea, chego na madruga só. Mas tem uma galera do teatro que tá indo no Aparelha Luzia. Se quiser companhia, te passo o contato da diretora da peça. Acha bom?

A amiga da P. eu conhecia de vista, era Ketu, não estava ligando o nome à pessoa. Combinei com ela uma carona e fui para casa me arrumar. Ketu passou para me buscar com carro de aplicativo, vi da varanda, acenei. Deveria estar totalmente pronta no portão. Saí catando isqueiro, cigarro, cartão, celular, enquanto descia a escada. Ketu abriu um sorriso quando entrei no carro. Ei, quanto tempo!, dei dois beijinhos e atei o cinto de segurança para imitar a Ketu. Desde o jantar que você deu aqui na sua casa pra Penélope, Ah é, você já veio aqui! Esse pessoal com quem eu marquei hoje é de uma peça antiga. É um grupo legal, a P. conhece algumas pessoas, mas só de trabalho. Raramente encontro com ela na noite. É, P. é mais caseira mesmo. Ketu deu um briefing, Marquei no Aparelha Luzia porque né, não sou obrigada a fazer rolê na Augusta nessa altura do campeonato, a dona do lugar é minha amiga, comida boa, música boa, Ketu fala com entusiasmo. Respondi que estava querendo ir fazia um tempo, Agora que resolvi aceitar que moro em São Paulo, tô até procurando uma casa maior, um lugar com mais área externa para receber meu povo, fazer um pagode, sabe? Você já tá vendo alguma coisa?, Ainda não, até agora só tomei a decisão, mas é meio caminho andado, né?, concluo no acesso da Sena Madureira. Isso, deixa Essepê te mostrar seus segredos, Ketu aconselhou.

Entramos e a anfitriã veio cumprimentar Ketu e nos convidou para a mesa em que estava acomodada. Depois de algumas taças de clericot, me joguei na pista e senti um corpo seguindo o meu. O superpoder do olhar periférico me dá essa vantagem de saber quando tem alguém na minha cola. Meu pai de santo diz que isso é coisa de quem é dono da minha cabeça. Percebi que alguém estava vidrado em mim sem que eu precisasse olhar de volta. Fui dançando meu corpo devagar para o centro da pista.

Conhecia aquele ator de vista e de reputação. Certa vez estávamos no Frango Com Tudo Dentro, onde os atores se reúnem depois das suas respectivas peças, e vi esse cara passando. Perguntei para P., e aquele *chico, arrréntino-cachorro-loco*? A vista era boa. A reputação ruim. Henrí, o nome dele. Não vale a noite, é o que dizem. Pula de caso em caso, nunca termina bem, Penélope dá um gole na cerveja e me olha por cima do copo, à espreita da minha reação, Aquela coisa de entre mortos e feridos todos estão fodidos, conclui. Quis saber mais. Penélope não entrou em detalhes. Desconfio que naquela conversa ela previu que Henrí poderia me interessar e por isso desviou do assunto. Ela sabia que nos últimos quatro anos, desde que me separei de Renê, eu só arrumava tranqueira e caçava confusão para minha cabeça. Eu dizia que precisava me sentir viva, que queria compensar o fato de ter me casado tão novinha e ter ficado agarrada por uma década inteira. E toda vez Penélope respondia coisas tipo, Você não achou sua buceta no lixo, ou, Você não tem um pingo de amor-próprio. Enquanto me esculachava na zoeira, me alertava para tomar cuidado, O negócio do abismo é que quando você olha pra ele, ele te olha de volta. Eu sou mais perigosa que o perigo, P., eu respondia. Quem nunca viu um viciado em pó dizer a mesma coisa?, "Quando eu quiser, eu paro", e não conseguir parar?

Uns meses depois na noite do Frango, estávamos nós, sem ninguém para mediar o interesse mútuo, um na boca do outro. Henrí enfiou a mão na minha cintura, procurando um pouco de pele. Dançamos com os olhos cravados. Não sei por quanto tempo. Vi um perigo ali e desejei. Não sei qual promessa Henrí viu nos meus olhos, mas veio buscar. Meus alertas até que funcionaram, meu sentido se eriçou, fez seu papel. Mas o sistema de autopreservação falhou no momento de virar defesa. O letreiro luminoso em que devia piscar a palavra *corra* estava permanentemente quebrado. No futuro, era uma coisa que eu teria que resolver.

De costas para o balcão, com o corpo dele espetado no meu,

a boca plugada ao meu ouvido, *Que tal?*, é um charme esse sotaque, tem alguma inocência e me dá tesão, *Que tal?*, repetiu, ainda com a boca grudada.

Vamos sair daqui agora, eu ordenei.

Cara de abobalhado é fojo pra pegar animal ferido

Nota mental: não subestimar, o homem gringo ainda é um homem. De início a gente pode até achar que eles são de outra espécie. Um tipo novo a que não fomos apresentadas. Baixamos a guarda porque o sotaque desarma um dispositivo, acreditamos que são dóceis, domesticáveis, porque estiveram submetidos a diferentes tábuas de maré, outra língua, outra temperatura, outra pressão.

Mas no fim essa coisa de tratar os estrangeiros como menos danosos que os domésticos, tratá-los como café com leite, tem isso de fazer a gente se decepcionar de uma nova forma.

Eu sabia, mas quis um pouco dessa miragem.

Uma coisa nossa

A gente saiu do Aparelha na urgência de mais intimidade, entramos no táxi e Henrí se precipitou, dando o endereço da casa dele. Não consegui esperar até que estivéssemos a sós para abrir o zíper e começar a chupar ele. Muitas coisas foram estabelecidas nesse boquete no banco de trás. Uma delas é que meu corpo respondia de forma animalesca à pele desse homem.

Entramos no sobrado de muro chapiscado. Um entrelaçado de pés de buganvília — que eu conheço como pau-de-roseira — se esgueirava até chegar a uma varandinha, de gradeado azul. Só conheci os detalhes da casa e entendi como funcionava esse complexo na segunda vez que fui lá. Nessa noite não havia nada que me chamasse atenção a não ser as sensações que experimentava, os choques nas minhas terminações nervosas. Não foi a primeira vez que saí com alguém e passei o fim de semana internada fazendo sexo. Mas com Henrí tive a certeza de ter sido fisgada. De forma que me desvincular do corpo dele poderia doer. Desde o primeiro dia, tudo que fiz foi para evitar essa dor.

Segunda-feira, quando deixei a casa, era dia claro. O sobrado enorme, cheio de quartos, salas, saletas, ocupava apenas um dos quatro terrenos que formavam a propriedade. Filha de Beatriz que sou, visualizei a junção de quatro lotes, dois que dão de frente para a rua Ideolândia, e dois que dão para a Luís Góis. Pelo estado de manutenção da casa, imaginei que os carnês de IPTU não deviam estar em dia. No quarto dia saí do escritório com tudo que precisava pra fazer uns dias de home office da casa do Henrí. Entre uma reunião e outra, fui desbravando cada canto da casa. O chão na parte interna era de cimento queimado, com mosaicos feitos com azulejos hidráulicos. O pé-direito era alto e na direção da elegante escada de madeira tinha uma claraboia. Essa escada com os degraus largos, com verniz manchado, dava acesso ao segundo dos três andares. Só conheci tudo quando me mudei.

No quintal de jardins e benfeitorias, havia uma edícula e outros dois anexos, além de uma garagem para quatro carros. Tudo estava abandonado, mas havia uma beleza ali. As paredes descascadas, o chão tomado de limo, as ervas daninhas que cresciam nas brechas das miracemas traziam consigo a passagem do tempo, a desordem natural das coisas. Ornava com o discurso de Henrí.

A comunicação da garagem com o quintal se dava por uma porta de compensado vagabundo. Era notória a solução recente feita às pressas, um quebra-galho. A casa de um quarteirão, em que ele morava havia pelo menos dez anos, era toda sublocada. Na edícula funcionava uma pequena produtora de podcasts. Um dos quartos, com tratamento acústico, era o estúdio de gravação. A imobiliária fingia não saber. Nos demais quartos moravam um programador que trabalhava no Facebook, um rapper vindo do interior de Minas para participar de batalhas de MC's, um casal de residentes de medicina que só ficava em São Paulo metade da semana, e um artista plástico. O Venga. *"El Viejo"*, dizia

Henrí beijando-lhe a mão, pedindo a bênção. A primeira vez que vi, achei que fosse uma encenação desse povo de teatro, um homem de quarenta e cinco pedindo a bênção para uma criança de vinte e três, Velho? Da onde, gente, alguém me explica?, mas plotei um sorriso permanente de conformidade na cara. Minha voz me perguntou se eu não deveria beijar a mão do velho também. Eu quis rir. Que ridículo. Minha cara permanecia plácida. Henrí pronunciava seu nome com uma reverência, um respeito que descobri não ser usual. *"El Viejo* vai comigo pra onde eu for, o Venga é um pai pra mim." Esse arremedo de pai de Henrí não pagava aluguel como faziam os demais. Da vida, além de pelejar para ter seu trabalho reconhecido no diminuto mercado, Venga era parceiro de Henrí na rinha de galo que mantinham clandestinamente na garagem, sem levantar suspeitas da vizinhança, coisa que eu descobri só depois.

Sussurrou: seja bem-vinda (no meu ouvido)

No último andar havia uma suíte e um terraço. Desse quarto enorme, com essa pequena varanda de grades azuis, tingida pelo magenta das flores, dava para ver o quintal e o portão da entrada principal. Na posição oposta, o terraço onde o sol batia pleno. Uma coisa que eu não tinha visto ainda em São Paulo. Ponto para o arquiteto. Era um presente a luz constante do sol, indevassável por outras construções. Apesar da conjunção favorável, o ambiente estava entulhado.

Que desperdício de área. Pelas extremidades era possível enxergar o pátio, a edícula e o puxadinho da garagem. Saí na segunda-feira determinada a voltar rápido. Quis perguntar quanto tempo ele precisaria pra botar todo mundo no olho da rua, incluindo Venga, pra eu me mudar em definitivo, já que a essa altura eu tinha ganhado duas gavetas na cômoda de Henrí. Que Henrí achasse um asilo ou uma creche para seu *Viejo*, pouco me importava. Não disse. Achei que pudesse soar desaforado, desesperado. Me contive na certeza de que o convite aconteceria em breve. Primeiro eu amei a ideia do amor, depois as promessas dessa casa escondida no Bosque da Saúde.

O convite veio e mais ou menos um mês depois da nossa primeira dança, a empresa desembarcou com a minha mudança, os sublocatários um a um levaram seus pertences embora. Menos Venga. Henrí e o Velho tentaram me engabelar por mais trinta dias. Ele ainda morava lá quando a empreiteira da minha mãe começou os reparos; se eu não tivesse forçado a barra, não teria saído nunca.

Carmem da Silva

Penélope já conhecia Henrí do povo do teatro. Conhecia bem inclusive a última ex-namorada, Carmem da Silva. Conheci Carmem também, era uma atriz talentosa. Artista de palco, por convicção, com orgulho, ela repetia como um bordão. Penélope chegou a trabalhar com ela numa produção que num ano desses foi eleita melhor adaptação, levou prêmio de melhor atriz, melhor cenografia, ganhou praticamente tudo nas premiações.

Foi o trabalho que a P. teve mais tesão de fazer. Virgínia, mano, eu fiz a porra de um ferryboat. Coloquei cinco carros em cena. Estrutura de Q30, compensado e a carroceria de carro serrada no ferro-velho. É genial. E era mesmo. Penélope tinha isso de fazer a coisa toda parecer muito fácil depois de pronta.

Depois da apresentação para a imprensa, para a qual também fui convidada, encontrei P. no camarim. Parabéns, meu amor, você é fantástica. Orgulho imenso de você, disse a abraçando. Penélope me puxou pela mão até a sala onde estava toda a equipe. Foram horas de resenha de coxia. Carmem, a figura para quem todos os olhares se encaminhavam, estava esfuziante.

Toda a atenção se voltava para aquela mulher forte e enérgica, muito diferente da personagem de quinze anos que acabara de deixar no palco.

Penélope também brilhava. Quase dava para comer a felicidade nos olhos da minha pequena. O camarim depois da apresentação tem aquela energia de dever cumprido. Se a produção do teatro não tivesse convidado a gente a se retirar, teríamos virado a noite nesse clima de final de campeonato.

Seguimos para um boteco na Augusta. Na trilha de mesas nos acomodamos, éramos mais de trinta cabeças recém-desembarcadas da peça. Na ponta estavam os produtores e as duas grandes estrelas: Carmem e Penélope. Viva a P., viva a Carmem, que retribuía, Viva O Felipe Carioca. Cari, o diretor de palco e fechamento da P. havia anos, responsável por apertar os melhores baseados e puxar os brindes para a equipe, que saíam cada vez mais trôpegos. Cerveja, uísque, conhaque e *otras cositas más*. Cada um na sua onda. Carmem bebia gim. Eu sei porque era o que eu bebia também e acabamos dividindo as garrafas, no plural. Não conversamos muito. O único assunto comum era o recente sucesso da companhia. Carmem era uma mulher machucada. Dava para ver. Mas na época eu não sabia dizer por quem.

Quando saí do banco na segunda-feira depois do Aparelha, liguei para P., Amiga, eu tô praticamente virada e não comi nada. Bora jantar comigo, preciso te contar as últimas. A última que você fez pegação com aquele argentino mequetrefe? Que sumiu sete dias? Que furou duas terças com a gente? Ou tem mais, vacilona? Ai, meu amor, não briga comigo. Desce que eu tô virando a sua rua. Você escolhe o restaurante que quiser. Vou escolher um bem caro.

Quando contei os detalhes do que tinha rolado comigo e com Henrí, vi a cara dela murchar. Esse cara é um cretino, Virgínia. Sério. E acabou avançando nos bafões que ela sabia sobre Henrí. Contou a história de Carmem, o que sabia de Mônica, de Brooke, da anterior, da anterior e da outra antes. Sabe o que elas têm em comum? Ficaram todas fodidas da cabeça. Contou que Henrí conheceu Carmem quando foi fazer teste para o papel de Sid Vicious numa montagem em que ela era Nancy Spungen. Ele tinha sido indicado por uma produtora de elenco com quem estava trepando. Chegou com o jeito cativante, sorriso fácil e extrema habilidade social, mas nenhum talento. Depois de um fim de semana enfurnado no sobrado com Carmem, garantiu o papel. O relacionamento durou pouco mais de um ano e acabou bem mal. Mas toda história tem pelo menos duas versões, né? Ele falou que..., Falou o quê, Virgínia? Que ela ficou tão apaixonada que enlouqueceu? É o que ele fala pra todo mundo. Penélope continuou abrindo o que sabia sobre o relacionamento de Henrí com Carmem. A peça quase não saiu. Foi um ano de B.O. atrás de B.O. Ele drenou a Carmem, Virgínia, essa mulher definhou, parecia que estava se derramando nas drogas, mas era uma dieta de pau e manipulação. Uma coisa horrorosa. Concluiu a fofoca com função pedagógica.

Sol da meia-noite, deixa o teto desabar

Primeiro se ama o nome do amor. Qual seu nome? Me chame do que você quiser. Vou te chamar de Perigo. Perigo, então. Foi a primeira coisa que falamos depois de dançar no centro daquela pista.

No começo, Henrí era o rescaldo de toda agonia que passei nesses anos solteira. Devotado no sexo, comprometido com meu gozo, interessado em escutar. Me ostentava, andando na rua de mãos dadas, exatamente como Renê fazia e, na solteirice, eu descobri que não era o usual. Henrí petiscava minha boca com dentadas suaves, depois foi mordendo mais forte.

Vivi a inflamação da adolescência aos trinta e cinco, já no tempo da autonomia. Eu tinha tudo. A vida financeira resolvida, um divórcio civilizado para me dar o atestado de maturidade e agora a selvageria.

04:49 "Preta, não dorme. Fica comigo. Vou ficar com saudade se você dormir."

Henrí pelado, com um baseado entre os dedos, soltando aquela fumaça densa pela boca, aspirando pelo nariz. Falando sobre a liberdade que é não ter nada, e assim, ter tudo. Ouvi-lo falar com sotaque portenho me fez esquecer a reunião das oito. Desejei essa emancipação. Mas o sustento da nossa lua de mel precisava vir de algum lugar.

05:52 "Eu tô aqui e não vou a lugar nenhum."

Adormeci aspirando esse ar de fumaça e delírio. Escutei depois de algum tempo de silêncio a descrição da casa onde iríamos morar em Itaparica. Lembra daquela casinha com o coqueiro entortado na frente? Ou então, Vamos pra Boipeba, algum terreno com água doce, não muito longe do mar. Henrí se aconchegou ao meu corpo, segurou meu peito, feito uma alça. Você veio pra ficar?, perguntei. Vim pra ficar. Me senti a filha predileta de Oxalá.

Chilique

Penélope tinha organizado a frota que nos serviria durante a cerimônia. Mandou cinco carros executivos para a porta da minha casa, de onde ela ia embarcando as pessoas para a Sé. Estamos nos divertindo com as pompas, mas é mais que isso. Não vamos chamar nenhum carro de aplicativo, P. deu a ideia enquanto a gente tomava uma cerveja e repassava a produção para o fim de semana do evento. Tá certo, carro de aplicativo chega cada um num horário. Tem as minhas tias mais velhas, os carros precisam mesmo ficar à disposição. Ela contratou um fornecedor com uma pequena frota de carros executivos. Definiu horário e ponto de encontro. Minha mãe ficou feliz com o cuidado, Não agradeça a mim, foi tudo ideia dela, e abracei a P., que passava para resolver algum problema de fluxo de passageiros. Foi divertido embarcar sob o olhar curioso da vizinhança, parecia inédita a cena por ali, as pretas com as *laces* todas organizadas, homens elegantes e gentis, belíssimas crianças envolvidas por esse afeto, presente em cada detalhe.

Uma vizinha curiosa tirou uma mangueira para molhar as

plantas na calçada, que já tinham sido regadas pela manhã. Vai ter evento aí hoje? Vai, sim. E eles, quem são? Não conhece? É a família real da Nigéria, mentiu no aleatório para debochar da vizinha futriqueira. P. não sabia de onde éramos. Éramos reis e rainhas sem reino, por ruptura. Por isso, dispostos a conquistar tudo. Não sabemos nada antes da Benedita primeira. Não sabemos quem deu a ela esse nome, de que região de África ela veio, já que era uma criança quando fez a travessia. Não há ninguém que tenha a diáspora na memória do corpo que não se alerte ao ouvir os barulhos do mar.

Depois que o último carro saiu, P. entrou para fumar um baseado, coordenar o serviço de copa, receber as louças que estavam atrasadas, era muita coisa para fazer. Mas Penélope fez questão de executar tudo sozinha. Não quis contratar ninguém. Disse que não iria à cerimônia me ver discursar, Nem a pau, prefiro ficar nos bastidores.

A comitiva chega à Praça da Sé, onde a estátua em homenagem à bisavó da minha mãe vai ser inaugurada. O artista plástico reproduziu uma mulher altiva, com o queixo bem apontado para cima, de forma que não era corriqueiro ter contato visual com Benedita. A figura inteira brilha na luz que incide da clareira da rua Anita Garibaldi. Benedita tem cor de ouro velho e reluz de forma a ela mesma ser um marco, como se soubesse que estava sozinha criando, a partir da sua graça, um ponto de partida para seus galhos.

Depois do corte da fita de inauguração, a recepção acontece no jardim suspenso da prefeitura. Enquanto garçons driblam os convidados com bandejas de bebidas e belisquetes, uma slammer performa versos de Conceição Evaristo.

Todas as manhãs junto ao nascente dia
ouço a minha voz-banzo,
âncora dos navios de nossa memória.

E acredito, acredito sim
que os nossos sonhos protegidos
pelos lençóis da noite
ao se abrirem um a um
no varal de um novo tempo
escorrem as nossas lágrimas
fertilizando toda a terra
onde negras sementes resistem
reamanhecendo esperanças em nós.

Minha família e eu assistimos à homenagem às memórias e aos feitos de Benedita, a quem todos chamamos de vó. Não importa quantas avós a gente tenha antes dessa, que é a quina para a qual se abre a nossa história. Depois do meu discurso, recebo do prefeito a placa de honra in memoriam extensiva aos galhos e posamos para a foto.

Dias mais tarde, ao ver a imagem no jornal, percebo que meu olhar estava fixado para a direção oposta à qual os meus demais olhavam. Meu semblante é de desgosto. É para Henrí que olho.

Durante toda a cerimônia, Henrí busca minha presença, ignorando os protocolos por malcriação. Busca a língua em beijos fora de hora, por duas vezes, na presença da minha família, me dá tapas na bunda disputando alguma atenção, cada vez mais relegada.

Na hora da fatídica foto, percebo Henrí caminhando em direção aos atabaques, dispostos no jardim em semicírculo para a Avamunha. Acompanho com o olhar, por isso não atendo à contagem regressiva do fotógrafo. Os demais só atentam depois, quando ele bate pela primeira vez no couro preparado para a cerimônia de Benedita. Todos olham primeiro para Henrí, depois passam a me encarar. Sustento o sorriso encafifado, ainda que a mão esteja suando. Como posso amar tanto e sentir tanta vergonha ao mesmo tempo?

As crianças da família fazem uma roda de jongo, os adultos não resistem e acabam invadindo. Com exceção de Henrí, todos estão cantando e sorrindo. Quando acaba o número apresentado pelos galhos de Benedita, minha mãe enfia o leque embaixo do braço direito e me oferece o esquerdo para cruzarmos o pátio em direção aos carros que nos esperam. Virgínia, minha filha, você está precisando de alguma coisa? Preciso ter uma conversa com o Henrí antes de irmos pra casa, mãe. Não quero que ele estrague a nossa celebração. Não vai, mãe, pode deixar. Te vejo em casa pra umbigada, vamos dançar, filha, bote um sorriso neste rosto lindo. Acompanho mamãe ao carro dela.

Entro no banco de trás de outro carro e mando mensagem, Tô no terceiro carro, vem cá, por favor. A porta se abre e o corpo de Henrí se espatifa no banco, a bebida cai no assento — ele tinha se recusado a deixar a taça no totem, posto pelo cerimonial no local do embarque. Senhora, não posso transportar ninguém com bebida, explica o motorista para mim. Olha só, chega. Abre a merda dessa porta e coloca essa taça ali como todo mundo fez. Tá todo mundo me esperando em casa, a casa está cheia de visitas, chega de show por hoje. Henrí desabotoa o paletó com calma, tira um pé pra fora, depois o outro, do lado de fora do carro, baixa os óculos escuros e olha com desprezo para mim, põe a taça no totem e com gestos alongados e gentis retorna pro carro. O motorista arranca.

Antes que eu desista, seguro o braço de Henrí e apelo por algum bom senso. Mais para alertá-lo e impedir o fim do nosso relacionamento do que para retaliar. Henrí, eu te amo, mas olha em que pé estão as coisas. Tento medir cada palavra até que ele me interrompe, Não fode, Virgínia. Nessa hora, não consigo me segurar e elevo minha voz à altura do meu desespero. Despejo tudo o que está engasgado. Essas pessoas de quem você faz pouco caso, Henrí, estão preocupadas comigo. Disse, Ao contrário do que pensa, não é com palavras que você vai convencê-las de que o nosso relacionamento é pra valer, que nosso vínculo é forte, muito menos me agarrando, me beijando na frente de todo mundo, cheio de mão e língua. Você se importa muito com o que a sua família pensa sobre nós dois, Virgínia. Pergunto se ele acha normal escancarar nossa intimidade, Você podia poupar as pessoas de escutar como a gente trepa na mesa do café da manhã. Em vez de se resignar, Henrí volta contra mim meus próprios argumentos. Você está sempre me deixando de escanteio, me escondendo, é vergonha isso? Hoje mais cedo me apresentou como namorado pra um primo seu. Namorado? É isso que eu sou, Virgínia? Desde que a minha família chegou, você está sendo inconveniente, me pondo contra a parede, respondo. Pedir a você pra me apresentar como seu marido é te colocar contra a parede? A essa altura, Henrí também estava aos gritos. Não dá pra acelerar as coisas, Henrí. Estamos juntos faz seis meses, é a primeira vez que você encontra a maioria dessas pessoas e já chega chutando a porta, falando de você, querendo impor a sua presença sem a menor consideração. Esse é o meu jeito, você quer que eu monte um personagem pra receber a família real de Virgínia? Pergunto sinceramente, Você acha que vamos conseguir ficar juntos desse jeito, Henrí? Aviso que estou começando a ficar cansada.

 Henrí me interrompe. Isso é um grande circo, Virgínia, todo esse faz de conta da realeza negra brasileira. Henrí projeta o corpo entre os dois bancos da frente para provocar, É, motorista, sabe o que nós temos em comum? Estamos aqui só pra servir. O motorista segue guiando quieto. Ninguém faz comentários. Henrí volta a se acomodar no banco e bota a mão na minha coxa, eu não tiro. Não posso lidar com isso agora, não nesse evento tão esperado. Desejo que esse fim de semana acabe e que todas as pessoas que eu amo voltem para suas rotinas, distantes da minha.

Dar conta de você

Logo na primeira vez que transamos, Henrí olhou meu corpo despido e soltou algo como, Vou ter que me esforçar pra dar conta de você. Achei que estivesse com dificuldades de entender o português com sotaque dele, mas era isso mesmo. Ele encarou meu corpo como a maioria dos homens brancos: para eles, sou uma máquina de fazer sexo.

Quando eu era criança, devia ter uns nove anos, o dentista quis fazer um procedimento sem anestesia em mim. Minha mãe interrompeu e perguntou se tinha contraindicação para a anestesia. Ele disse que não, mas que não ia precisar, que eu aguentaria, que pessoas como nós eram resistentes à dor. Não lembro se foi porque minha mãe jogou tudo que não fosse chumbado no chão para cima e ele ficou assim, meio que sem material de trabalho, ou se foi porque perdeu o registro no Conselho Federal de Odontologia, mas o fato é que nunca mais aplicou anestesia em ninguém. Nem em brancos nem em pretos. A ideia de que eu não sinta dor, ou que eu foda diferente de outra mulher, me animaliza. Não me deixa mais forte.

Durante o relacionamento com Henrí, essa lembrança se reavivou. Na cama, percebia que ele performava uma versão mais violenta de si, talvez para mostrar potência. Vou ter que me esforçar pra dar conta de você. Não precisava de um ator de filme pornô em ação para estar sempre interessada no seu sexo. Meu interesse se renovava quando andávamos de mãos dadas no caminho da padaria ou nos abraçávamos na fila de qualquer órgão público. O que eu gosto mesmo é de ser tocada com o desejo que ele tem por mim. Mas Henrí nunca deixou de se inferiorizar em relação aos homens pretos e às fabulações relacionadas aos seus grandes paus.

Conversa nº 12 sobre ter filhos

Por estar nublado, demorei mais a sair da cama. Já era quase meio-dia quando fui chamada por Henrí, Vi, vem tomar café. Agradeci o fato de ter podido dormir um pouco mais, estar num relacionamento com Henrí abreviava meu sono. Ele, notívago, esticava até altas horas a programação da nossa casa. Era comum começar a cozinhar à meia-noite, bater um pesto no liquidificador, engatar uma conversa longa, compartilhar os projetos que jamais saíram do papel ou me chamar para ver um filme *noir* cobrando que eu estivesse atenta aos diálogos, aos detalhes, sem cochilar. Depois de tudo, Henrí ainda queria transar. No dia seguinte, ou acordava junto dos galos ou o encontrava ainda na cama na volta do escritório. Dependia da sua disposição. Enquanto eu mantinha uma rotina de reuniões importantes quase todas as manhãs.

Mantendo a tal vida dupla, dobrava os plantões: passava o dia trabalhando ordinariamente e, quando encerrava o expediente, precisava reunir ânimo para acompanhar meu parceiro. Domingo era dia sagrado de feira, eu nunca perdia por causa das plantas dos banhos. Henrí disse que era para eu aproveitar bem essa folga, porque muito em breve acordaria com choro de bebê. Enquanto fazia uma tapioca, falou do desejo de ver meu corpo crescer, interferido pela ação dele, do exercício do nosso ligamento. Não sei por que a ideia de ficar grávida me dava tanta repulsa. Henrí, e se eu não quiser ser mãe? Nem daqui a dois anos?, Henrí estabeleceu um prazo. Talvez nunca. Mas calei a resposta para não estragar a paz do café.

Contei que o chefe de operações da América Latina andava me sondando para, quem sabe, liderar o escritório na Cidade do México. Essa promoção, sim, me interessava. Ponderei que a gente estava no começo de um relacionamento, que achava nocivo enfiar uma criança no meio de algo que estava sendo construído. Lembrei a Henrí que fomos morar juntos havia pouco tempo e ainda tinha aquele plano de mudar para a Bahia. Quem sabe a gente compra uma moto e faz um sabático, cortando as estradas da América do Sul? E se a gente começasse pela Argentina? Podemos procurar a sua família, o que acha? Henrí jogou a garrafa de café contra a parede. Me assustei com o barulho e minha reação foi gritar, Mas que porra é essa? Você tá maluco?

O tempo corria mesmo diferente pra gente, eram os quatro meses mais movimentados da minha vida, Henrí falou sobre ter filhos já na segunda vez que nos encontramos, mas agora a pressão estava aumentando, sob o argumento — indiscutível — de que não éramos mais tão jovens. Henrí trazia essa sensibilidade, uma certa esperança pueril. Enfeitava com um monte de palavras nossas distâncias de posição. As distâncias das nossas vontades, que eu fingia não serem tão grandes assim. Fui deixando para a Virgínia do amanhã resolver.

Henrí pediu desculpas. Parecia ter se arrependido imediatamente depois de ter revelado sua intempestividade. Justificou que queria muito construir essa família comigo e que, ao contrário de mim, a família dele ainda estava para acontecer. Da sua vontade vinha o ímpeto. Insistiu para que eu não ficasse trazendo assuntos de Buenos Aires à tona, que nosso futuro era mais ao norte. Pediu para eu considerar a gravidez. Não queria demorar a realizar esse sonho. Esperar era violento. Repetiu aos prantos que tinha me escolhido para formar uma família, que sonhava em ter filhos da minha cor, com os meus lábios. Com o filho, teríamos um vínculo eterno. Me apresentou esse fato como sendo uma vantagem.

Enrosquei minhas pernas nele, que permanecia sentado. Queria fazer aquela conversa toda acabar e o beijava na ânsia de encerrar o assunto. Abri o zíper da sua bermuda e me conectei a Henrí. Ele se levantou, e, sem sair de dentro de mim, me levou para o sofá. Esperou o momento em que eu estava anestesiada de prazer, calculou a hora de cochichar com a boca no meu ouvido, Quero um filho seu.

Pensei em Dóris e Marina. De como tinha dado certo para elas. Talvez eu conseguisse também. Falei que sim.

E a conversa 13

Não é perigoso que os adultos se permitam viver essa dose de fantasia, empregando os *sempres*, os *nuncas*, os *jamais* em qualquer frase, como se acreditassem no seu significado? Minha maneira de amar era menos de prometer, combinar, de ter tratados. Filho não é promessa. Mas sabia que não podia ser completamente sincera com Henrí, eu tinha o desejo de viver naquele abraço, me interessei pelo plano de envelhecer com ele na Bahia, mas tinha sacado que não ia rolar colocar uma criança na nossa dinâmica. O meu porta-retratos só era viável se estivéssemos apenas Henrí e eu.

A caminho da feira, ele perguntou se eu já ia parar com a pílula. Disse que precisava me organizar, resolver essa coisa da promoção, mudar para o México e engravidar lá não era uma opção, já que eu não me via tendo galhos longe da minha mãe, da minha família.

Já não está bom o suficiente o que você ganha? Tem que aproveitar que você tem ânimo pra correr atrás de criança, Virgínia. Tem plano de saúde, reembolso, auxílio-creche e tudo, você quer mais o quê? Essa ambição é um veneno. Egoísmo faz da vida um grande naufrágio, citando um ditado, acho que budista.

Henrí tinha muitas frases de efeito; por ser mais velho, insinuava que havia coisas que eu ainda ia descobrir. Eu deixava ele achar que acreditava nisso, não poderia tirar o brio do meu homem. Eu partia da premissa que nós dois estávamos perdidos, mas não disse. Em algum lugar, comecei a guardar minhas impressões. Sabia que impor minha vontade abriria fendas profundas. Era um dia bonito de sol, escolhi aproveitar.

Flor brochou

Na mesma época que conheci Henrí, P. nos apresentou ao Celso. Ele foi brotando sem anúncio nos lugares, conquistando o espaço dele, tornando-se um de nós, sem alarde. Coincidiu com a época que Penélope tinha finalmente parado de insistir que eu fosse com ela aos inferninhos bate-cabeça. Encaminhei uma mensagem que tinha recebido da minha tia, aquelas coisas bem cafonas de Bom Dia, no WhatsApp, aquelas em que os ursinhos se abraçam e os corações aparecem cintilantes e piscantes, com frases que rodopiam, mas de certa forma você sabe que está escrito eu te amo. Tia do zap, é você? Tô com saudade, Penélope, tá chegando que horas? Bora se ver? Antecipei, cheguei de manhã, já ia te ligar, mas entrei aqui numa conversa nada a ver com o Celso. A conversa ainda tá rolando? Estava esperando ele sair pra te dar um "oi". Te espero, você demora? Acho que não, já despachei.

Quando cheguei ao café, ela estava sentada na mesa colada ao vidro, com vista para a rua. O que você tá bebendo? Suco verde, quer? Tá horrível. Não, vou pedir alguma coisa sem couve.

Não fui capaz de saber o que ela estava sentindo só de olhar. Então perguntei. Virgínia, na boa, ele é muito nerd, muito bonzinho. Meio esquisito também. Qual é o espanto? Vocês se conheceram jogando RPG. Penélope veio se aproximando de mim, de um jeito engraçado, como se quisesse me contar um segredo. Lembrei que não contávamos muitos segredos, porque não precisávamos. Ele faz coisas bizarras na hora do sexo. Como assim bizarras? Penélope se aproximou, mas antes de falar olhou pros lados pra ter certeza de que ninguém pudesse fazer leitura labial e falou baixinho. Não sei bem explicar, mas a impressão é que eu tô trepando com o Silvio Santos. Não consegui segurar e tive que tapar minha própria boca pra não explodir numa gargalhada. Penélope não sorria. Então me recompus e pedi pra ela continuar. A gente tava se pegando, tirei a camisinha da bolsa, ele foi colocando e dando uns pulinhos, repetindo umas coisas, tipo, Oba!, vai ter rala e rola, rala e rola. Penélope botou a mão na testa, como se quisesse esconder o rosto. Não satisfeito, ele resolveu me explicar — rala era *ela*, e rola era o substantivo dele, e não o verbo, entendeu? Eu já tinha entendido. É, eu também. Pior de tudo foi ele tentando explicar piada ruim na hora de transar. Ah, P., mas você estava gostando dele. Pois é, e agora brochei, o Celso é legal como amigo, mas sou cheia de mania, gosto de ficar em casa com a Lady Gata. E tem isso, o Celso tem alergia a ela. Bom, prioridades, eu concluo. Exato.

    Dei uma dentada no sanduíche de guacamole com salmão defumado. Penélope, foi por causa do cara do sigilo? Limpa aqui, tá sujo no cantinho. Não foi por causa dele. Mas a gente ainda sai de vez em quando. É hoje que você vai me contar mais sobre esse cara? Se eu te contar, deixa de ser sigilo, ele me esconde, eu escondo ele, falar dele pra você é dar muita moral, ele não tá com essa bola toda.

    O compromisso é com ela mesma. Penélope se respeita.

Até pra vacilação tem limite, Virgínia, ela me alfineta de vez em quando, pergunta por que eu me maltrato tanto. Tenho medo de ficar sozinha, P., confesso. Às vezes acho que se não tiver um homem na jogada tá tudo uma merda pra você. Por que sempre tem que ter um cara? Fui elencando todas as furadas nas quais me meti, incluindo Jorge, e até mesmo Renê, além de puxar pela memória todas as vezes que eu busquei companhia a todo custo, enquanto estava solteira fazendo merda. Talvez isso seja amor, esse que começa primeiro na gente, no que a gente suporta, no nosso limite. Penélope aproximou a cabeça do meu rosto e sorriu porque sacou que meu pensamento estava longe. A propósito, como tá a situação com o seu argentino lá?, deu uma sugada pra desentupir o canudo cheio de bagaço do suco. A gente tá acertando os ponteiros... Porra, Virgínia, nem o maquinista do Big Ben trabalha tanto.

Nos despedimos na porta, observei Penélope subir a rua, chamando a atenção de algumas pessoas que esperavam um lugar no restaurante badalado na Consolação. Uma senhora que levava o cachorro num carrinho de bebê cochichou com o acompanhante. Indiferente, a P. atravessou inteira o mar de gente ruim. A princesa, o dragão e o gigante do castelo da própria fábula.

Mediocridade superstar

Henrí estava sempre fazendo laboratórios para os seus personagens. Quantas vidas ele já não tocou a superfície, de relance? Isso poderia ser uma vantagem e, ao mesmo tempo, é triste viver de migalhas das personagens, ensaios de uma não estreia. Henrí fazia figuração e *casting* para papel de drogado, hacker, figura excêntrica ou andrógina. Trabalho tão eventual que se passavam três meses, seis, e nada de convite para projetos. O que ele realmente fazia todos os dias era alimentar os galos e botá-los para brigar. Depois que me mudei para o sobrado na Saúde, a rinha passou a acontecer na cabeça de porco onde o Venga foi morar. Quando me perguntavam qual era a de Henrí, eu editava a informação, "é ator, está fazendo uma imersão num texto autoral e captando recurso pra estrear ano que vem". Colava para quem não estava perto nem meio perto. O golpe da piroca é real.

Que lei é lei

Tem uma brincadeira na minha família que começa com os mais velhos puxando ditados de África, do recôncavo, das plantações, e avança em direção aos mais novos, que trazem trechos de músicas populares e com eles são aceitos na roda. Na volta da Sé, depois que as mais velhas acordam da sesta e antes do jongo, é mamãe quem puxa os versos no pátio do sobrado, Um camelo não ri da corcova de outro camelo. E alguém segue, O momento mais escuro da noite é sempre antes de amanhecer. Na briga de dois elefantes eu tenho pena é da grama, tia Dilma arranca gargalhada das crianças, que imaginam um chão todo estropiado, esburacado como a lua, vítima da violência dos gigantes.

Henrí interrompe e declama um monólogo em espanhol, todos no quintal se entreolham. Mais uma cena para o nosso compêndio de vexame. O que foi?, cada um da família fala das suas raízes, eu tô falando da minha. Bato as palmas da mão meia dúzia de vezes, lentamente, com força proporcional ao meu ódio. Henrí me fulmina com o olhar, põe a taça de vinho na mesa e sai pisando duro. Minha vez, minha vez, fala minha prima de doze anos e encaixa um Emicida certinho, Já que o rei não vai virar humilde, eu vou fazer o humilde virar rei. A graciosa Kenia é a redenção do clima. Todos vibram, como se em final de campeonato, como se numa batalha de rima, como se a inocência do nosso galho fosse capaz de restabelecer a ordem, perturbada por um corpo inconveniente que eu insisto em trazer para perto da minha família. Com o fim da brincadeira, meu primo coloca uma playlist para tocar, antes de a gente começar os preparativos para a roda de jongo. É a vez de Beto Sem Braço participar do escárnio à postura de Henrí e à minha. Tem a ver com responsabilidade, e pelo visto eu sou a tutora de um homem de quarenta e tantos anos.

Chega como eu cheguei
Pisa como eu pisei
No chão que me consagrou

A música vem aleatória, mas não por acaso. Tudo é recado para quem está esperto.

Henrí sobe as escadas em direção à sala principal. Pela primeira vez, decido não responder ao movimento dele, não vou atrás, como ele espera. Os olhares me vigiam, me questionam, me alertam.

"Mas que porra é essa, Virgínia?"

Quem tenta sabe que não é

No nosso verão juntos, a falta do meu corpo na cama despertava Henrí que se levantava e transferia o leito para a espreguiçadeira ao lado da minha, a dele debaixo do ombrelone. Achei bonito quando ele disse que tinha desaprendido a dormir sem mim. Henrí ganhou cor ao meu lado. Até Penélope, que costumava chamá-lo de vampiro, percebeu que aos poucos ele foi ficando mais corado.

Quando voltamos da Bahia, acordei com Henrí parado ao lado da cama, chorando muito, segurando meu celular. Na madrugada, um ex-peguete mandou um nude perguntando se eu estava com saudade. Abracei Henrí, que se desvencilhou. Me acusou, Se tá recebendo fotos dele é porque dá confiança. Tentei falar o quão absurdo era ele estar em posse do meu telefone, lendo as minhas mensagens, mas Henrí subvertia tudo e, ao fim da interminável noite, pedi desculpas e bloqueei todos os números de homens com quem eu já tinha transado ou tenho interesse em transar. Menos o Jorge.

Acontece que, depois de não ter mais mensagem antiga de

homem para Henrí vigiar, ele começou a ler clandestinamente minhas conversas com a minha mãe, com Penélope, Dóris e Marina. Passei a evitar o uso do celular na frente dele, porque tudo virava um problema. Ele me via rindo e questionava com quem eu estava falando. Se deixasse meu celular na espreguiçadeira e fosse ao banheiro por três minutos, quando voltava, era certo que Henrí estaria futucando o aparelho, sequer disfarçava. Tentei outras vezes dizer que manter minhas conversas íntimas não significava que escondia algo dele. Mas nenhum argumento funcionou, eu desisti de convencê-lo e passei a andar com o celular dentro da roupa. Se Henrí chegasse de supetão e eu estivesse zapeando ou conversando amenidades com alguém, eu fingia estar respondendo a uma demanda de trabalho, para que ele não parasse ao meu lado, seja para forçadamente participar da interação ou para me pedir que explicasse um meme, um vídeo aleatório. Para garantir um espaço de privacidade, passei a mentir sobre reuniões e e-mails importantes. Virgínia, larga esse telefone. O seu patrão não é seu dono. Manda a secretária bloquear a sua agenda. Às vezes, eu atendia ao pedido. Escondia o telefone e ignorava as meninas, minha mãe, mensagens do grupo da família, e as notificações do Twitter. Por Henrí a gente ficava se lambendo e fazendo planos para o almoço ou para daqui a vinte anos.

Nos dias de semana, havia um empenho de Henrí para me envolver, me atrasar, me impor um fluxo de antitrabalho, se é que isso existe. Segurava meu braço, feito criança, como que implorando à mãe que não saísse de casa. Me vi, certa vez, pegando no queixo dele e dizendo com calma, Já volto, trago da rua uma coisa gostosa pra gente comer. Eu deixava para resolver essa pinimba depois. Era sempre no futuro que as diferenças iam ser resolvidas também. Haja amanhã para tanto incômodo. Enquanto isso, eu estava tentando chegar lá, quando já tínhamos superado tudo. Afinal, todo relacionamento tem seus obstáculos. Mas era com ele que eu queria envelhecer. Repetir mais e mais dos dias perfeitos do começo, da viagem para a Bahia. Estou sempre buscando o efeito dos primeiros momentos de nós dois.

Mesmo que não botasse fé.

Chupa-cabra

Jorge foi meu professor de direito constitucional no primeiro ano de faculdade. Apesar de ser totalmente contra as regras, a gente acabou se encontrando num evento na Serrinha e dormimos juntos. Era tudo gravíssimo, eu tinha vinte e ele trinta e cinco, ele era casado e minha mãe não podia nem sonhar que eu estava saindo com um cara tão mais velho que eu. Fiquei de quatro por Jorge. Enquanto todas as meninas do curso iam ao centro de vivência para lanchar, tirar xerox, passar matéria, eu ia para o estacionamento com o professor. O envolvimento com Jorge estava comprometendo meu desempenho na faculdade e extrapolando os encontros no carro. A gente descuidou e deixou nosso caso vazar, escandalizamos por uma semana a nossa comunidade acadêmica. Jorge tomou uma medida administrativa bem branda. As consequências pra mim duraram mais tempo. Passei um tempo sendo apontada nos corredores, ouvia muitas piadas e acabei sendo vigiada pela minha mãe. Promovi Renê de amigo a namorado para me curar da rebordosa do fim catastrófico do meu caso e tirar dona Beatriz do meu encalço. Renê também teve momentos de ciúmes porque mesmo que o mundo estivesse caindo ao nosso redor, Jorge e eu nunca deixamos de manter nossa conexão. Foi ele quem arrumou meus estágios, era a ele quem eu recorria em segredo quando tinha uma crise no meu relacionamento, foi ele quem me disse que eu era muito nova para casar, que tinha a vida inteira lá fora me esperando. Foi ele quem chamou Renê de banana, disse que ele não tinha estatura para estar ao meu lado, depois eu repeti isso muitas vezes. Quando me formei, viajamos para Penedo para comemorar e ele sugeriu que voltássemos a nos ver. Eu respondi que só se ele se separasse da mulher e eu de Renê, e no fim achamos melhor manter apenas a amizade, disso não abríamos mão. Jorge se mudou para São Paulo logo depois e, quando foi minha vez, combinamos de jantar. Contei do meu novo trabalho, do fim do meu casamento, ele falou do brilhante caminho que o filho mais velho estava percorrendo no direito e de um câncer de pele. Rimos a noite toda sem a preocupação de sermos vistos em público. Tanto tempo depois, não parecia errado tomarmos um vinho.

Era desgastante falar com Henrí sobre o meu trabalho e, nas épocas de demissões assistidas, eu ficava muito angustiada. Henrí me encontrou na hora do almoço para conhecer um restaurante famosinho ali nos Jardins. Enquanto esperava chegar a entrada, Henrí foi lá fora fumar. Aproveitei para mandar uma mensagem para Jorge, contando como me sentia hipócrita trabalhando a favor do banco, contra os funcionários, perguntando onde estava aquela menina que queria mudar o mundo. Jorge respondeu dizendo que lembrava bem como ela era, se eu não queria encontrá-lo para refrescar minha memória. Fiquei excitada com a ideia de estar com alguém que não ficasse repetindo em looping que "Os filhos da puta querem só o teu sangue, hein", coisas de galo e pedidos para que eu engravidasse. Respondi que, já que era para relembrar, a gente podia fazer isso dentro de um carro estacionado, para instigá-lo. Era tudo uma brincadeirinha gostosa. Nunca perdi a oportunidade de provocar Jorge.

Henrí entrou no restaurante arrumadinho chutando as cadeiras, me chamando de puta, com o telefone dele na mão, esgrimando do segurança que correu para segurá-lo. Fiz sinal para o garçom suspender nosso pedido, coloquei uma nota de cinquenta embaixo do cardápio para pagar o suco que tinha pedido e subi a Cerqueira César atrás de Henrí, que a essa altura já tinha se desvencilhado e saído do restaurante.

Você é uma vagabunda! E a cada xingamento, Henrí batia com força a cabeça no vidro de uma loja de departamento, olhava fixo para mim enquanto lambia o melado do sangue que descia do corte na testa. Me antecipei na sua direção, mas não pude alcançá-lo. Ele se virou na direção contrária dos carros e correu.

Coq au vin

Parei um táxi para tentar encontrá-lo. Soube, no instante em que ele entrou de volta no restaurante, que estava acompanhando a conversa com Jorge em tempo real. Quando alcancei Henrí, mandei que entrasse no carro. Ele enfiou a cara pela janela e me chamou de vadia. O sangue capilando se misturava ao suor da fúria, ao esforço físico irracional. O taxista deu ordem para eu descer.

Desci do carro, segurei Henrí pelos braços, disse que não tinha nada com Jorge, que era um amigo, apenas um amigo. Henrí assumiu um sorriso, Preciso de um tempo, Virgínia, saiu caminhando em direção ao metrô. Eu voltei para o trabalho sem almoçar.

Interlúdio

É porque ele não é preto, mãe? Ela pega o cigarro da minha mão e traga, Acho que não, filha. Tem uma coisa de se afirmar, ligada à falta de fé em si. A história dele é complexa. Todo mundo tem a sua história, Virgínia. Sabe, é que os dias bons são realmente muito bons. Encho o pulmão de fumaça como se fosse encontrar respostas naquela fumaça. Piso no cigarro, encosto a cabeça no ombro da minha mãe, que enlaça o meu braço. Você tá com a mesma carinha de quando era pequenininha e ficava jururu. Eu tô jururu, dona Beatriz. Voltamos para o quintal abraçadas.

Caxambu sem candongueiro

Estávamos esperando as bonitas!
Quem vai abrir a roda?
Dita! Dita e Paulinho.
Primeiro a prece:

Em casa de Benedita, seus galhos se reúnem para uma prece de graça e honra. A bênção, Meia Légua, que em meio à cinza de sua resistência voltou para casa com são Benedito, e de Jongo, Ticumbi e Congo seus filhos aqui reunidos se alegram pela sua existência e presença.
Salve são Benedito!
Salve a família de Beneditas!

Minha mãe está emocionada e pronta para se divertir com as crianças. Embola o cós da saia rodada, como quem anuncia que "hoje tem". A roda se forma entre os farfalhos de gargalhadas.

Nos primeiros toques, o caxambu vem queimando, as mulheres, os homens, as crianças seguem a toada de tia Dita, a mais velha das irmãs. A última das Beneditas, a última parteira, nossa mestra de cerimônia, apaziguadora, juíza, benzedeira, a anciã da nossa aldeia, recupera tônus nesse ministério de ser nossa referência.

Bendito louvado seja (é o rosário de Maria)
louvado seja (é o rosário de Maria)
Jongueiro bendito louvado seja (é o rosário de Maria)
louvado seja (é o rosário de Maria)

É importante demais que a gente esteja fazendo isso juntos, numa noite clara na cidade onde a primeira Benedita abriu os caminhos para as cinco gerações seguintes, e contando. Importante para curar os mais velhos de açoites antigos, firmar a minha geração e criar nódoa na memória dos galhos. As festas dos pretos nunca são apenas lazer. Nossos passos, de longe, chegam aqui dançando. Desembarcamos essa noite, na fartura, com alegria, reunidos para celebrar vitória após vitória. Pisamos nessa terra como filhos benquistos, com promessa de bom presságio, prosperidade e fertilidade.

A roda comendo solta, cruzo com minha mãe, o suor pingando na lateral do rosto, sorrindo à justiça. Nem dou falta de Henrí. Depois de rodar com quatro ou cinco parceiros no pátio, entro para buscar água gelada para a minha tia-avó, já descadeirada do punga. Henrí está deitado na mesa de jantar. Não quero saber se por mal súbito, se por cena.

Tem uma hora que a gente quer ver o que vem de retorno quando encaramos o abismo. Se eu já estou morta, ninguém pode me matar mais. Henrí escolheu um dia tão errado para bagunçar com a minha cabeça, para testar os meus limites, e eu já aguentei foi muito. Com decisão, puxo os pés que pendem da mesa. A barriga para baixo, o rosto virado de lado, ele sorrindo.

Quando percebe que está deslizando sobre a mesa, abre os braços e gargalha. À medida que puxo, toda a louça alugada, os arranjos de arruda e tuberosa, vão caindo pelas extremidades da mesa. O som da louçaria estilhaçando sobressai ao jongo e emudece as vozes.

Silêncio dos tambores,
paira
na memória da dor.

Uma família feito a minha, formada em terreiro, em roda de ciranda, capoeira e jongo, de vivência de samba nos fundos dos quintais, conhece a sensação de ter as cerimônias interrompidas, a fé questionada, a alegria amputada, o verso calado.

Os parentes que estão instalados em hotéis pedem carros de aplicativo pelo celular e seguem para os seus destinos, todo mundo constrangido. Aqueles que estão hospedados no sobrado desaparecem para os quartos, ao comando de tia Dita.

Em cada terreiro, o xirê gira de um jeito. Aqui funciona do jeito de Benedita. De repente a festa acabou.

Minha mãe e minhas tias exigem que todos os homens saiam, para evitar tragédia. Meus tios e primos partem contrariados, sem questionar a autoridade de Dita. As mulheres de Benedita se posicionam entre mim e Henrí, que grita, *Se terminó la fiesta?*, A Virgínia não fica de *putita* de banqueiro pra vocês chegarem aqui e fazerem uma desfeita dessas. Voltem todos, batam o tambor de vocês.

Quem não sabe dançar culpa o chão

De manhã, sentamos caladas à mesa do café. Não tem o bafo quente de uma roda de samba, o movimento das crianças caçando Pokémons. Ninguém para anunciar que estão abertos os trabalhos e para encher meu copo assim que o relógio bater onze horas. A ressaca está diferente sem o álcool que inebria e às vezes disfarça. Estou diante de uma comissão. Feito minha mãe — que certa vez se sentou numa mesa dessas para dizer que estava grávida, enquanto todos achavam que ela ainda era virgem —, não me sinto desgraçada.

O sermão não foi maior porque estavam certas de que o espetáculo da noite anterior poria um ponto-final nessa relação esquisita. Equívoco. É assim que minha mãe chama meu relacionamento. Me esforço para convencê-las de que estão certas, que ontem tinha sido o limite.

Conto os minutos para que minha mãe embarque com nossas velhas no carro e me ligue para avisar que já alcançou a estrada. Me manda a sua localização em tempo real, peço. É a maneira que encontramos de acompanhar o trajeto uma da outra, desde que andamos de lá para cá no trecho Rio-São Paulo. Desse ponto, contamos seis horas até que a outra chegue ao seu destino, num sentido ou no outro. Quando recebo a confirmação que mamãe está na Dutra, entro no carro.

O celular de Henrí só dá desligado ou fora de área. Então ligo para o Velho. Preciso fingir simpatia. Venga retribui o tom e passa o telefone para Henrí. Alô, amor? Diga, Virgínia. A gente precisa conversar. Não quero conversar, Virgínia, quero que você desocupe minha casa, tome o tempo que precisar, você tem razão, tá doloroso pra nós dois. Isso não é conversa pra gente ter ao telefone, me explica de novo como eu faço pra chegar no Venga. Vou compartilhar a localização com ela, ouço aquele pirralho abusado falar. Eu estou no viva-voz? Não tenho nada pra esconder do meu pai, responde Henrí.

Em São Paulo, me sinto dirigindo na mão inglesa. A cidade tem um trânsito fora do meu ritmo. Não sei se é lento demais pra mim, ou apenas não tão caótico como o carioca. Chego ao endereço indicado pelo GPS, buzino, mando mensagem para o Venga. Os dois aparecem na porta. Demoram uma eternidade se despedindo. Henrí, com a mochila de camping de setenta litros nas costas e os braços debruçados no portão, percebe a minha chegada e continua conversando com o Velho, que acaricia a crista do galo que tem no seu colo. Os dois gargalham e a espera me incomoda. Seguro um pouco mais, e dou uma buzinadinha simpática, aquela que comunica "oi, eu tô aqui", eles se abraçam longamente com o galo no meio.

Henrí entra no carro, deixando o sorriso frouxo e a desenvoltura da conversa com o Velho para trás, quando bate forte a porta do meu carro. Eu já começo a me desculpar, sem nem saber pelo quê. Na volta para casa, peço a ele que fale. Eu iria escutá-lo desta vez. Henrí me acusa de ter vergonha dele, de não sustentar a nossa relação com a minha família e com os engravatados do meu trabalho. Me acusa de ignorá-lo desde que as visitas começaram a chegar do Rio para a festividade da Benedita. Reclama de ter ficado sem lugar na própria casa. Todos os cômodos estavam ocupados. O nosso quarto virou um salão de beleza africano. Por onde andava tropeçava em malas, pessoas que fizeram desfeita de mim, dentro da minha casa. Essas pessoas são a minha família, Henrí, você precisa fazer um esforço... A única família que me resta é o Viejo e você me fez botar ele na rua.

Henrí confessa que estava ansioso para impressionar, para fazer parte. Pede desculpas se não sabe se portar numa festa de família. Não podia tocar no couro do tambor — atabaque, corrigi —, não podia tocar no couro do atabaque. Por que você não escreveu isso na cartilha pros namorados brancos de Virgínia?, provoca.

Você é a primeira a me humilhar. Você não me apoia. Não faz a menor questão de facilitar nada pra mim. Acha que eu não ouvi os seus primos? Eu sei o que é palmitar, Virgínia. Você tem vergonha de mim. Todo mundo adora falar que você me banca. Pois eu morei neste país vinte anos antes de conhecer a senhora. Vinte anos. Dez anos só naquela casa. E vivo desde os catorze por minha conta. Se você paga tudo, é porque você é uma madame e eu não posso dividir o custo da vida que você leva. Você não quer ter um filho comigo porque eu sou pobre? Porque eu sou feio? Ou porque você não me ama?

Eu te amo, Henrí.

Então prova.

Nosso sistema imunológico

A filha única da primeira Benedita foi para o Rio por volta de 1872. Nessa mesma época, muitos baianos também chegavam ao centro do Rio, montavam um sistema de proteção à base de gira, quitutes e samba de fundo de quintal. Na Pequena África, minha segunda Benedita foi feita de santo com João Alabá. Virou baiana de indumentária e tabuleiro no Largo da Carioca. No quintal da comadre Hilária, viu nascer o samba carioca do jeito que a gente conhece hoje.

Nos anos 70, minha avó transformou a casa que a sua avó tinha deixado de herança numa pensão para trabalhadores na região do Largo da Prainha. Lá, alimentava os homens da família, que trabalhavam duro no porto, e as crianças, que ela fazia questão de que fossem para a escola.

Vó Benedita fazia comida de dia, à noite se juntava às costureiras para fazer as fantasias das baianas. Vivia o carnaval de rua como forma de não perder a ligação com a mãe e com a avó. O som de atabaque, caixa e tambor mantinha as velhas da minha avó por perto. Todo mundo fala que a cozinha dela tinha cheiro e som, as panelas na fervura e ela entoando melodias. Nascida e criada na região, minha avó sabia de cor todos os sambas-enredos que já tinham passado pela Presidente Vargas e os que passaram depois, no Sambódromo. Lembro dela cantando até pouco antes de morrer "Sonhar com rei dá leão". Quando eu era criança pedia pra ela repetir a parte da música que falava "sonhar com anjo é borboleta".

Ainda hoje paro diante das fotos de vovó na Ala das Baianas da Estácio ano após ano. Só parou de desfilar quando a fantasia pesou e, assim, passou a integrar a Velha Guarda. Muitas rodas de samba aconteciam no largo, por causa da minha avó, que não queria seu malandro dando sopa por aí. A isca de fígado acebolada, a moela e o caldo de pinto eram sempre por conta da casa. Às vezes liberava a cerveja, só para ouvir da cozinha meu avô compondo sambas, dedilhando o violão. Foi essa mulher que compartilhou comigo um alerta. Coisa que aprendeu em mesa de compositor. Me disse para levantar de qualquer roda se um samba saísse atravessado. Devia fazer isso para ninguém tomar nota do meu nome e me apontar como compositora de samba mal arranjado. Quando a roda está formada, quem bate palma ou caixa de fósforo está compondo também, quem dá um palpite ou quem dá o refrão, é tudo compositor igual. Por isso é que cada canção tem essa montoeira de autor, exemplificou. Não se associe com gente à toa. Levanta dessa mesa, Virgínia, isso não é enredo pra você.

O menino do Xou da Xuxa

Quando Henrí começa a bater com força no console do carro e a chorar compulsivamente, paro no acostamento da Marginal e digo tudo o que for preciso para que aquilo acabe. Me desculpa, você tem razão, eu vou consertar tudo, eu devia ter te protegido, ter ficado do seu lado, me perdoa, meu amor. Me perdoa. Reconheci as razões de Henrí.

Longe do olhar de enjeitamento da minha família, seguro sua mão, com as unhas pintadas de preto, e beijo seu anel de ouro, apertado no seu dedinho. O anel de chapinha de ouro baixo era tudo o que ele ainda tinha da mãe, além de um álbum de fotos de papelão que a Kodak dava de brinde quando um filme era revelado. Ele segurava o álbum fino nas mãos, repleto de plásticos vazios. Um passado extirpado, cheio de cicatrizes, igual à barriga dele.

Certidão

Nunca me esforcei para inventar um pai. Tampouco sabia o que sei hoje sobre minha concepção. As coisas foram graduando de "seu pai mora em outro estado" para "seu pai era um homem mais velho que enganou sua mãe".

Com seis anos, comecei a perguntar sobre pais. Porém, a presença das mulheres na minha casa era tão importante que preenchia tudo. E também tinha meu avô. Aquela companhia terna que me pegava na escola sempre tão elegante com seu sapato que brilhava em duas cores. Meu avô morreu quando eu tinha de doze para treze. Meu corpo começava a chamar atenção não só dos meninos da minha idade, mas também dos homens mais velhos. Principalmente dos homens mais velhos. Minha mãe decidiu nesse ponto contar a história toda. Uma história tão nossa que chegou atravessando o fluxo da infância dela, na mesma fase.

Nosso sonho não vai terminar

Ele trabalhava no porto. De quinze em quinze dias almoçava na pensão da família. Minha mãe não sabe precisar quando percebeu que ele estava se fazendo presente, elogiando, pegando na mão enquanto ela servia um prato, espreitando na entrada ou na saída do restaurante durante a quinzena em que estava na cidade.

Ele sempre se sentava na mesa da calçada, do lado direito, num ponto cego do caixa, decerto para que nenhum adulto o notasse.

Desse ponto cego, dia após dia, ele montava a armadilha com delicadeza, convites, promessas. Num dia, "você já foi a Maricá?"; no outro, "quero levar você pra ver outro mar". E sumia quinze dias.

Beatriz sentia falta.

Na próxima vinda, cedia

um

pouco

mais
de atenção.
Começou a sentir desejo por aquele homem
que jamais poderia lhe fazer mal,
jamais
fazer
mal.

Os estupradores, os tarados, eram os velhos, os feios, os brancos, aqueles que te puxavam pela mochila para um beco escuro e forçavam sexo. Esses poderiam fazer mal.

Não aquele homem
que um dia levou um corte de tecido,
no outro, pegou na mão
com consentimento.

Não aquele homem
que combinou de pegar Beatriz na escola,
parou o Monza marrom na porta para que as amigas vissem.
Os olhares das amigas, que antes eram para os peitos dela,
foram transferidos para o namorado.
Namorado de carro era exclusividade de quem já tinha peito,
dava para concluir, pela lógica.

Não aquele homem
que um dia levou Beatriz para matar aula em Maricá e deu um beijo,
beijo que outro menino da mesma idade não dava,
porque não tinha nem aquela barba.

Não aquele cara
que pôs a mão entre as pernas da minha mãe e que, quando repreendido,
se fez de inocente, recuou
como se também
tivesse medo.

Certo dia, Beatriz pediu cobertura para a irmã, Dita, e saiu com ele de carro.
Aquela palpitação batendo mais alto, quase perto da garganta.
Minha mãe, cortejada por cinco, seis meses,
acreditava tanto naquele amor,
confiava naquele homem,
não sabemos nem se deu o verdadeiro nome, só que era mais velho, tinha barba, tinha carro.
Foram para um motel,
"a gente não precisa fazer nada".
Ela quis. O motel era na Dutra, ela gostava de pensar que seria a primeira menina dentre as amigas a namorar, e ainda um homem mais velho, que a amava muito, e trabalhava no porto. Ela viajaria com ele e voltaria sempre para visitar a família. Ele pediu um quarto especial, cobriu Beatriz de carinho e a levou para a cama no colo, o corpo de mulher da minha mãe, os sonhos ainda de criança.

Minha mãe disse que faltou saber as artimanhas que o homem usa, e por isso me contava, e se algum dia eu tivesse dúvidas, poderia perguntar, que sem insegurança na cabeça nenhum homem dominaria o meu corpo ou o meu destino.

Antes de penetrar minha mãe com seu pênis de adulto, confiante como uma seta, ele chorou, declamou uns versos de um poema de Bilac. "Ora direis ouvir estrelas."

Aos poucos foi tirando as peças de roupas dela,
ainda vestido
para não assustá-la com seu membro imenso,
para que ela não presumisse dor.

Passou a se mover em cima do pequeno corpo da menina, ele a beijava muito
e dizia que a amava,

que a amava muito,
que o amor era o que eles iam fazer,
que era o que os pais dela fizeram para tê-la, essa coisa linda,
e que eles também iriam fazer isso.
Disse que no futuro, quando Beatriz quisesse,
eles também teriam uma família tão linda quanto a dela.
Quando minha mãe sentiu a seta embicar perto da sua vagina, ele não se apressou, não forçou,
fez ela pedir.
Quando ela sentiu medo, ele se afastou,
disse que sabia que ela não o amava o suficiente.
Eu amo!
Não ama.
Eu amo!
Não ama.
Então, prova!
Eu provo.
E deixou que o homem com nome falso a penetrasse,
a dor que ela sentiu, ele disse que era normal,
ela acreditou, porque a irmã mais velha que namorava Julio também disse que no começo doía e depois ficava gostoso.
Beatriz pediu que ele ficasse com o corpo rente ao seu.
Ele já estava com seu membro inteiro dentro dela e com gentileza tocava sua perna
para
que
ela
se
abrisse
mais,
ela pediu que ele ficasse deitado ali dentro, parado,
achava que já era dor suficiente.

Que já tinham feito o amor que doía e depois ficava bom,
e que ia ficar bom depois, porque ela ia se acostumando com o novo volume
e assim viveriam um dentro do outro.
Ele começou a se movimentar pra frente e pra trás,
entrar e sair.
Ela pediu para que ele parasse, e ele gentilmente explicou que ele precisava sair e entrar, mas que ia fazer isso devagar,
e fez.
Quando terminou,
cobriu minha mãe, lhe deu um banho e
depois a levou numa lanchonete
e a deixou na porta de casa.
Disse que a amava, que estaria embarcado nos próximos quinze dias, e depois disso voltaria para pedir sua mão em namoro para o pai.
Não era para contar nada, ainda, ele mesmo contaria da intenção.
Minha mãe jamais o viu novamente.
Esperou tanto, olhou tanto para a rua,
não percebeu a barriga crescer.
"Beatriz, quem te fez mal?",
minha avó quis saber.
Mãe, eu sou o mal que ele fez a você?
Eu quero saber.
Você é meu galho, minha maior bênção,
o pecado está nele.

Não inventei um pai, a família da minha mãe nos acolheu. A pensão da minha avó no Largo da Prainha garantiu que Beatriz estudasse, se formasse engenheira, tínhamos meus avós e um bando de Beneditas preenchendo os espaços.

Cresci com um nome a menos no documento,
e uma vila inteira para me criar.

Tenho a sorte de ser filha daquela casa, que serventia tem investir no vácuo das faltas?

Conversa 38 sobre ter filhos

Na vernissagem de Amina, namorada de Ketu, o bebê de uma das convidadas não parava de gritar. A atenção de Henrí estava toda voltada para aquela dupla desencontrada de mãe e filho. Não disse, mas achei que a mulher tinha sido um pouco sem noção de levar um bebê tão pequeno para um ambiente silencioso, atrapalhando a apresentação do trabalho tão denso de Amina. Henrí saiu de perto de mim sem dizer nada e se aproximou da mãe, que entregou o filho àquele homem desconhecido. O silêncio causou impacto no ambiente. A mãe da criança ajeitou a roupa, os cabelos e pegou um copo de água com o garçom. Henrí foi passando pelos quadros, falando alguma coisa no ouvidinho do bebê, que passou a sorrir. Henrí, o encantador de bebês. Me aproximei daquela criança saudável, com olhar esperto, e segurei nos seus dedinhos. Oi, você gostou do colo do tio? A mãe se aproximou de volta e perguntou se tínhamos filhos. O olho de Henrí brilhou, Estamos tentando. A mulher disse que eu tinha muita sorte.

Olha o que cê fez

Henrí abriu minha bolsa para pegar um cigarro depois da gente transar algumas vezes durante a tarde. Tiramos o dia para esfoliar a pele com mel e café, fazer escalda-pés e massagem no corpo. Essa coisa de massagem acaba puxando outra coisa. Sua mentirosa, o que é isso?, agitando minha cartela de pílula. Por que mentirosa, Henrí? Eu não prometi parar com o remédio imediatamente. E quando você ia me falar? Dou as costas para Henrí, porque não tenho uma resposta.

Ficar grávida era uma remissão da dor da minha mãe quando estava me gestando, foi o que Henrí me disse quando sugeriu que meu bloqueio era energético. Minha vontade era mandá-lo ir tratar essa obsessão em ser pai, mas me calei no instante em que percebi que eram tantos os pedaços faltantes. Pensei no corpo dele recortado. Vesícula retirada, amígdalas arrancadas, apêndice subtraído.

Entendi que Henrí via num filho sua chance de reconstruir um corpo saudável sem faltar nada, a redenção. Henrí queria inventar um filho. Abracei aquele pacote de buracos. O som do choro estrangulado tomou o lugar de tudo. Levei Henrí para o banho e ficamos em silêncio. As conversas eram sempre densas, podiam até acabar bem, mas não acabavam rápido.

Às vezes, tenho a impressão de que eu só sirvo pra você se eu te der um filho. É isso?

Fio terra em curto

Dóris manda mensagem no nosso grupo de WhatsApp. Tive uma briga horrível com Marina, vamos nos encontrar? P. responde que estava liberando um caminhão do chão de fábrica e estaria livre em vinte minutos. Deitada no peito de Henrí, assistindo a uma série, respondo que em meia hora estaria liberada também e pedi, Traz vinho? Listo os queijos que tinha na geladeira. Por cima da minha cabeça, Henrí lê a mensagem. Bufa feito um touro, desliga a televisão. Levanta ainda pelado e vai para o banheiro com a cara fechada. Encosto na porta e chamo para terminar de assistir, explico que eu não iria sair, as meninas que viriam para nossa casa. Ouço o barulho da descarga, a porta se abre, Foda-se, Virgínia. Vou sair, vou ver meus galos.

Finjo frustração. Não me lembrava da última vez que tinha encontrado as duas sem a presença dele. Deito na cama, ainda no papel de descontente, e espero Henrí descer. Ouço lá do meu quarto a porta bater com força. Desço com a caixinha de som, animada para arrumar as coisas para recebê-las.

Boto a playlist da Luedji Luna para tocar e enfio a cabeça

inteira dentro da geladeira, recolhendo os queijos esquecidos pelos compartimentos para fazer uma tábua. Quando fecho a porta, dou de cara com a imagem de Henrí, estampando um sorriso cínico; me assustei. Quanto tempo não te vejo animada assim, Vi. Levanta uma garrafa na altura dos olhos, Fui buscar um argentino na delicatéssen, posso me juntar a vocês? Não sei se consigo disfarçar a frustração. O alto-falante amplifica "Caso esteja por vir, me reconheça ali. Em um domingo de sol, ou um dia qualquer". Me acalmo a cada verso de "Dentro ali". Parelho minha voz baixa com a da Luedji. Fazemos um coro. Também estou pedindo ajuda para carregar essa mala sem rodinhas, onde eu guardo meu cansaço.

Na roda em que meu marido estivesse, eu precisava gerenciar conflitos, fazer função de intérprete ou de mediadora. Precisava contextualizar a pauta, pausando a cada frase para puxar o fio da informação. No começo era uma experiência, fazia com empolgação. Nessa altura, quando eu terminava de explicar para Henrí o subtexto específico da discussão ou de alguma frase, o assunto já tinha acabado. Além do constrangimento, Henrí parecia pueril e raso quando conversava com adultos. Isso quando eu não tinha de apaziguar, botar panos quentes. Era exaustivo responder por ele, repetir "não foi bem isso que ele quis dizer". Era foda fazer o meio de campo e me destacar das opiniões problemáticas sem que ele se sentisse ofendido. Percebi crescer em mim a vontade de falar com pessoas diferentes, que tivessem assuntos em comum. Vai tentar conversar sobre a saudade de assistir à TV Colosso antes da escola ou como era reconfortante cheirar os papéis de carta perfumados, que a gente mantinha em pastas catálogo. Para evitar a fadiga, fui me afastando das pequenas reuniões, foi ficando cada vez mais fácil para Henrí me manter numa bolha; de tão cansada, quem não estava querendo mais socializar era eu. No fim, só restávamos nós. Dóris sempre recla-

mava que não conseguia terminar uma conversa, e eu estava passando pelo mesmo, mas meu bebê queria um bebê. Eu só queria um pouco de espaço. Que vontade de conversar com Jorge.
Dóris chega primeiro. Oi, Henrí, como vai?, boa tarde. Ouço a voz de Dóris e atravesso a sala para recebê-la, Que saudade de você. Dóris deixa no chão a sacola com pães e patês, Tô tão cansada, Virgínia. Abraço seus ombros e andamos até a cozinha, onde a tábua espera o restante dos acepipes. Henrí cata a sacola e nos segue. Dóris apenas revira os olhos com a presença indesejada do meu marido, seca as lágrimas com as costas das mãos, olha no celular e avisa da chegada da P., que foi mais seca, Licença, boa tarde, cumprimenta de longe Henrí. Abraça forte Doriana, que está sentada na cadeira. É isso, meus amores, parece que eu tô casada com um macho escroto. Ri de nervoso. Dóris, de tão aflita, não consegue usar o saca-rolhas, instrumento que ela maneja com destreza. Tiro a garrafa da mão dela, antes que a rolha vire um tolete boiando no meu vinho. O que tá rolando com você e Marina? O que tá pegando é que eu larguei minha carreira pra cuidar das crianças, filhos que ela tanto queria, e agora eu preciso pedir dinheiro a ela pra tudo. E quando isso acontece, ela vem me pagar sermão, mano, dizendo quanto pagou de prestação, de escola, de mercado.
Desculpa, não teve como não ouvir, diz Henrí atravessando a porta da cozinha e trazendo uma banqueta para a roda. Agora é Penélope quem revira o olho. Dóris bate o polegar firme na bancada, Olha aqui, Henrí, você fica nessa perturbação de ter filhos, igual a Marina fazia comigo, e depois deu no que deu. Dóris emenda o puxão de orelha meio desabafo meio ideia na moral, dessa vez olhando para mim, Vou dizer um negócio pra vocês dois, criar filho no negativo acaba com a vida de qualquer um, tá? Você vai arrumar um trabalho? Virgínia vai conciliar a carreira de executiva com a vida de mãe? Voltou a última per-

gunta para Henrí, que responde, Depois que o neném nascer, Virgínia vai voltar pro trabalho e eu vou ficar cuidando do nosso filho. Penélope e Dóris olham para a minha cara, precisei reagir, Mas quem disse, Henrí, que vai ser bom pra mim fazer um filho pra ficar longe dele? Na frente das duas, eu precisava apontar os delitos de Henrí. Pontuar as falhas, mesmo que com cuidado para o negócio não ficar intenso. Quando estávamos a sós, eu refugava, muitas vezes por preguiça, outras por desejar estender nossos momentos de paz. Henrí, hoje não é sobre a gente, é sobre a Dóris, disse. Penélope enche a boca de água, para não deixar escapar o enxame de marimbondos. Henrí arrasta a banqueta fazendo barulho, dá as costas pra gente, ainda sob os resmungos de Dóris, com o dedo médio esticado sobre a cabeça, sai de casa, batendo forte a porta. Não vamos deixar nada atrapalhar os nossos queijos e vinhos, ok? Hoje a gente tá aqui por você, pedi. Dóris cai no choro enquanto eu fecho a porta que rangia. Marina tá foda! Que grandessíssima merda! A gente tá vivendo um relacionamento heteronormativo, sem ofensas, meninas. Dóris segura as têmporas com as mãos, O grosso da maternidade ficou comigo, é exaustivo. Marina reclama que não quero transar... Mano, fico apartando briga de criança o dia inteiro, dever de casa, café da manhã, almoço e jantar. Negociando rodízio de controle remoto, tempo de video game, como é que sente tesão desse jeito? Quando ela chega, só quero ficar na minha um pouco, sem ouvir "Mãe Dodó".

    Dóris emenda na falta que sentia de trabalhar, de ter grana, da liberdade de ser só. Eu quero voltar a escrever, ler um livro sem ser interrompida. Reclama da divisão de tarefas e de contar moedinhas. Marina se beneficiava por trabalhar fora, e acabava ficando longe do frege com as crianças, esse trampo que é invisível e não remunerado. A rotina de Dóris era realmente insana, quando eu podia dava um socorro. Dar café da manhã, auxiliar no dever de casa, colocar no banho, aprontar para a escola e despachar dois ao mesmo tempo, todos os dias, enquanto equilibra todas as demandas da casa, seca Dóris por dentro.

O pior é que no fim do mês não entrava uma quantia que garantisse o lazer dos quatro, a possibilidade de planejar uma viagem — nem que fosse por perto — ou de proporcionar tardes aprazíveis de almoços em bistrôs com as amigas. Sem verba para terapias holísticas, massagens relaxantes, aulas de pilates ou cerâmica, não tinha nada para compensar o cansaço de Dóris. Comida, aluguel, luz e água estavam garantidos, mas a gente não quer só comida, nem ninguém quer, Dóris também quer o bom da vida.

Bota pra fora mesmo, Doriana, digo a ela, apertando um pouco o trapézio que está duro feito uma pedra. Tô cansada desse lance de cobertor curto, sabe? Você puxa de um lado, descobre do outro. A impressão que eu tenho é que daqui a pouco vou olhar pra trás e tudo o que eu vou ter feito da minha vida é criar menino. Faz nota sobre a passagem do tempo versus seu contentamento, enquanto recebe uma massagem gratuita minha. Olha para mim, interrompendo o fluxo de pensamento, Você tá tomando pílula direitinho?, vou te falar porque você é minha irmã: a não ser que seja uma demanda sua, não engravide. Enfio um naco de gorgonzola com goiabada na boca e balanço a cabeça com veemência, pensando na minha menstruação atrasada. Minha menstruação não atrasa.

Sobre perder a cabeça

Recebo um convite da minha mãe. Meio inusitado para uma terça-feira. Tinha vindo na ponte aérea para uma reunião sobre a fundação do próximo monumento, que a estátua de Benedita inaugurou. Já tinha um tempo que ela queria almoçar comigo no restaurante novo do MASP, Convida o Henrí, filha, ela mandou na mensagem. Eu estava pela Paulista e encontrei com ela no vão do museu, à espera de Henrí. Para justificar o atraso dele, invento que ensaiava uma peça em casa, quando, na verdade, estava com o Viejo correndo atrás de coisa de galo.

Quando ele chega, de banho tomado, bem-apresentado, sinto como se o trem estivesse montando pela primeira vez nos trilhos. Minha mãe sorri algumas vezes com Henrí, nunca tinha acontecido. A conversa corre bem e estendemos o almoço em uma hora. Beatriz conta do artigo que estava escrevendo para uma coluna do jornal sobre a estátua da Medusa, de mais de dois metros, segurando a cabeça decepada de Perseu diante do Tribunal Criminal do Condado de Nova York. Mamãe não escolheu o assunto gratuitamente. Sinto uma pequena ferida se abrir na boca do meu estômago.

Pergunto sobre o projeto da Sé, ela conta do planejamento com detalhes. A próxima fundação será dupla, a ideia é promover o encontro de Luiza Mahin e Luiz Gama; mãe e filho juntos no panteão de homenagens onde são residentes Tebas e a Benedita, minha raiz. Contextualizo Henrí. Digo que ele precisava ler *Um defeito de cor*, aquele que guardo na minha cabeceira. O que eu uso pra escorar a porta? Não deu tempo de trazer outro assunto. A massa tumorenta de constrangimento se estabelece.

Henrí emenda num elogio, à sua maneira, Muito bonito vocês terem chegado aonde estão hoje. A história da família é um exemplo de superação. Mamãe intervém, Não, Henrí, não é superação, apenas não conseguiram impedir a gente. Uma vez, Virgínia tinha uns nove anos, eu a levei pra ver *Os saltimbancos* no teatro. Fui ao banheiro e pedi que ela me aguardasse sentada e vigiasse o meu lugar. A gente morava bem perto do João Caetano. Quando voltei, tinha um casalzinho de jovens sentado nas nossas cadeiras. E Virgínia, em pé no corredor, segurando o saquinho de pipoca. Eles pediram pra eu sair, mamãe. Foi a última coisa que eu ouvi. O ódio que eu senti naquele dia, consigo sentir agora, Henrí. Saí de lá arrastada pelo segurança, carregando Virgínia junto. Agarrei ela tanto que minhas mãos ficaram marcadas no bracinho dela. O teatro inteiro olhando pra gente. Antes de sair, mandei ela olhar bem pra cara daquelas pessoas, e ela parada feito pedra com o queixo colado no peito, mandei ela levantar a cabeça, gritei, Conta, minha filha, conta quantas pessoas iguais a nós tem nesse lugar. Você lembra o que eu te disse, Virgínia? Que eu nunca mais podia deixar ninguém decidir onde era o meu lugar.

Mamãe pediu a conta. A tensão tem essa coisa de secar a

minha boca. Viro em dois goles a taça cheia de água, intocada até então. Beatriz intercepta a conta da mão do garçom, com o braço esticado na direção de Henrí. Débito, por favor.

Minha mãe, quando eu parti, me cobriu de oração

Vão pra onde? Querem carona? Nós vamos caminhar um pouco, mãe. Com o corpo quase todo já dentro do carro, Beatriz volta para a calçada e tira da bolsa uma imagem de são Benedito enrolada num papel pardo. Esse veio com endereço certo, é pra fazer essa prece todo dia de manhã, todo dia à tarde, todo dia à noite. É pra ler, minha filha, cada palavra. Ao final de onze dias você vai ter decorado. No bilhete, a prece estava escrita com a letra bonita de mamãe.

São Benedito, filho de escravizados, que encontrastes a verdadeira liberdade servindo aos irmãos, livrai-me de toda a escravidão, venha ela dos homens ou dos vícios, e ajudai-me a desalojar de meu coração toda tortura. São Benedito, amigo dos homens, concedei-me a graça que vos peço.

Ao se despedir de Henrí, dá três tapinhas no ombro dele. Nosso abraço foi apertado e repito baixinho no ouvido dela, Tá tudo bem.

Não consigo agradar todo mundo, sempre alguém, em algum momento, está insatisfeito.

Holiday é um dia de paz

As crianças já estão fazendo sete anos, é surreal que eu tenha ido ao primeiro ultrassom de Marina. Ainda lembro da sensação de que seria mais um luto para a conta, e agora eles estão aqui. Fizemos questão de comemorar. Penélope e eu somos madrinhas e preparamos tudo de surpresa. Sabíamos que Dóris e Marina não iam aceitar que a gente fizesse festa para os meninos, não com elas passando esse perrengue.

Os aniversariantes desconfiavam, porque a gente ficou cavando para descobrir qual tema cada um queria para o bolo. Antônio quis Michael Jackson, e Chico quis Naruto. Penélope meteu dois pórticos, duas mesas de bolos, dois painéis para tirar fotos, um set de futebol de sabão. Tudo no quintal da minha casa. Ganhamos o título de melhores madrinhas do mundo e dançamos muito ao som de "Thriller", com o coreógrafo que P. trouxe do teatro.

À medida que os convidados das crianças vão embora, Dóris e eu começamos a juntar o lixo, Henrí ataca de DJ enquanto recolhe as mesas e as cadeiras, Penélope põe as crianças para dormir no meu quarto. Celso e Marina lavam e enxugam as louças. Sem fazer movimentos bruscos para não alterar a ordem do lugar, observo e nos vejo, enfim, em harmonia. Por um momento, me lembro do nosso ecossistema em Santa Teresa. Com Renê era sempre assim. Com o trabalho adiantado e as crianças dormindo, Vamos tomar a saideira?, Henrí sugere. Pegou na adega mais duas garrafas e nos serviu, Um brinde! Aos galegos, vencidos pelo cansaço. Que festa, comadres, que festa, Marina se emociona, agradece a cada um, inclusive a Henrí, que se colocou à disposição, foi prestativo. A Celso, que, convocado pela P., fez o registro fotográfico e organizou o caraoquê. E a mim e a P. que ficamos iguais a umas dondocas enchendo a cara de vinho. Um brinde a tudo isso. Respiro aliviada por chegar ao fim da festa sem nenhuma briga para apartar.

"Há solução", comemoro. Só era preciso perseverar.

Vem sempre com a chuva pra molhar

Quando eu era criança, minha mãe usou a alegoria do balão de festa para me ensinar sobre o limite do que podemos suportar. Mostrou que é estratégico parar de assoprar antes de o látex se distender completamente, senão ele estoura. A gente precisa supor um limite, determiná-lo, e depois não estourar a porra do balão com só mais um pouquinho de ar. Coisas que eu sei, só não tenho botado em prática.

O aniversário das crianças foi um sucesso. Eu devia ter me contentado com isso. Esse afã de iniciar uma nova era, que na verdade tinha sido um acontecimento bissexto.

Acordo, vejo aquele monte de bebida e tenho vontade de fazer o que fazemos desde sempre na minha família: enterrar os ossos. Ou encher um pouco mais a bola de assoprar, com mais um pouco de ar, até depois do limite. E sofrer com o pendente de plástico na mão, sepultando o balão que não voou.

Mando uma mensagem no grupo perguntando se alguém havia almoçado, tinha muita carne em casa para assar. O cuscuz marroquino, o cachorro-quente, a torta de pão estavam ocupando a geladeira e convoco as meninas para esvaziá-la. P. aciona um churrasqueiro pelo aplicativo. Ele chega em quarenta minutos, antes das convidadas.

A melhor forma de evitar ressaca é emendar os porres, aprendi isso em casa. Recebo minhas comadres no portão com as garrafas de longneck debaixo do braço. Tudo recomeça. Menos a sintonia. Henrí está reativo. As meninas ficam na defensiva. Só eu estou feliz.

Henrí quer recuperar o protagonismo que cedera aos meninos na noite anterior. A seco, faz declarações de amor fora de hora que me constrangem, "essa mulher é a mulher da minha vida", interrompe as frases das outras pessoas para dizer o quanto estávamos felizes, o quanto crescemos com cada desencontro. Mostra no celular a foto de Moreré, o lugar em que iríamos morar com nossos filhos, fora de contexto. As crianças apenas ignoram, querendo acabar o quanto antes com a fome para jogar video game esparramados no meu sofá. Marina finge interesse, ainda grata pela noite da festa. Dóris tem pequenos tremeliques e bebe com força. Penélope me olha fundo no olho, "que porra é essa, esse cara é insano", posso ouvir.

P. não queria sobrecarregar Henrí. Era sempre ele a assumir o churrasco, porque ele é argentino, porque ele era bom nisso. Mas o churrasqueiro não agrada Henrí, que pergunta se ele tinha aprendido a fazer churrasco assando gato seco. Repreendo a grosseria. Vou até minha bolsa buscar uma nota de cem para compensar os contratempos. Tenho feito muito isso ultimamente, o que nomeio mentalmente como propina.

Seguimos com a reunião até anoitecer, as meninas ensaiam ir embora algumas vezes. Mas temos dificuldades de nos despedir nesse grau etílico. Marina, que estava dirigindo, dorme no sofá enquanto as crianças jogam. Acho que ela sempre procurava um sofá para um cochilo, porque queria dar esse espaço para Dóris ficar à vontade com a gente.

Jogada na espreguiçadeira, converso com as meninas sobre as coisas mais aleatórias: como está difícil para Marina dar aula no Jardim Fontalis, como a indústria alimentar adoece as crianças desde a mamadeira, como o cristão no Brasil acha que Jesus morreu na cruz para ele ter um Jeep Renegade.

Pergunto a Dóris se ela está fazendo alguma rotina especial para a pele, estava maravilhosa. Ela ensina uma receita de gelatina que aprendeu no YouTube, mas que por falta de tempo parou de usar. Mal consigo fazer a rotina da minha sogra: sabonete para o rosto e protetor solar. Penélope traz à luz sua dúvida sobre a diferença entre o sabonete para o rosto e o para o corpo e explica sua teoria: "eu acho que eles são a mesmíssima coisa, a indústria faz isso pra vender mais e a gente compra porque não gosta da ideia de passar o mesmo sabonete na cara que passa no cu". Dóris e eu choramos de rir. Henrí aproveita para roubar a cena, Penélope, você tem mesmo a cara do circo. Que hilária! Sempre achei você engraçada. Conta mais uma piada. Ô, Henrizito, a anã não tá aqui pra te entreter.

Dóris chama Marina, que chama as crianças, que levam P. embora da minha casa. Está determinado, nosso mundo não se podia juntar.

Antes do galo cantar, vai me negar três vezes

Quase uma retaliação. Como recebemos minhas visitas no fim de semana, Henrí me comunica que o Viejo e outro camarada vão chegar lá em casa, que eles vão fumar um, pergunta se eu posso fazer o caldo de ervilha, igual ao que Beatriz fez da última vez. Boto a ervilha de molho de um dia para o outro e me preparo psicologicamente para passar um tempo ouvindo papo de espora, crista, bico, imponência de peitoral e cacarejo de galo. Me parece justo me esforçar e repito a receita de mamãe, que doura a cebola na gordura do bacon — que ela frita até deixar crocante —, depois reserva. O cheiro do bacon traz os três da sala para a cozinha. Henrí acende o baseado e passa para o Viejo, Primeiro a dama. Embora eu não quisesse nenhuma comunhão com eles, dou o primeiro pega e sigo o fluxo da roda formada em minha volta, amparada no fogão. Tinha ensaiado servir o caldo na sopeira, salpicar os bacons por cima, fazer um pouco de carinho em Henrí na frente dos caras para depois subir o mais rápido possível. Mas, nesse meio-tempo, o baseado rola mais umas três ou quatro vezes, acabo me empolgando e pego um copo para mim, Viejo me serve com a cerveja estupidamente gelada. Fico lá, chapando com eles, sentada no balcão, um pouco distante de Henrí, sentado no banco ao redor da mesa, e participo daquela conversa horrorosa, mas extremamente divertida. Virgínia deve achar a gente uns cretinos, filho, Viejo disse para Henrí. Ela está parecendo gostar, não é, amor? Sinceramente eu acho isso tudo uma grande idiotice sim, essa crueldade com os bichos é uma coisa terrível... Se é tudo terrível, o que tem tanta graça?, Henrí pergunta, com alteração no tom de voz. O amigo aleatório, que evita me olhar e só está ali pelo marroquino e pela cerveja, responde por mim, Mano, porque é maior viagem botar os bichos pra brigar, tá ligado? Só dá pra rir ou pra chorar. Eu me exalto, Exato! E você não sabe a maior, Henrí um dia falou pra mim que os galos são primos dos dinossauros. Caímos na gargalhada, Viejo ri tanto de si mesmo que se engasga com a fumaça, Todo mundo tem a fase de gostar de dinossauro quando criança, nossa fase não passou. Henrí se levanta, limpando os cinzeiros. Fico de cara na hora, percebo que tinha falhado no meu plano de desempenhar o papel da mulher que Henrí espera que eu representasse nessa noite. Podem rir, mas são primos sim.

TED Talks

Faço meu ritual: tomar banho, enrolar minhas tranças na seda, passar meus cremes. Enquanto cozinho um macarrão, assisto a alguns vídeos no laptop apoiado na bancada. Vou participar de um seminário falando sobre ser uma mulher preta em um posto de comando e sinto a ansiedade batendo. Henrí se aproxima de mim, afasta minha calcinha para me penetrar. Eu só queria estudar minha fala, jantar e dormir cedo. Pergunto se ele queria ouvir meu discurso. Não precisa. Aponto para o tailleur branco, já vaporizado dentro da capa, e pergunto se ele gosta. Não gosto. Acho deprimente que se fantasie, ele sabe o tanto que isso me ofende.

Não bastasse a ansiedade que precede o evento, minha menstruação não dá sinal de descer. Rolo na cama, triste com a falta do corpo de Henrí, com a falta de parceria acima de tudo. Engato no sono por volta das duas. Às quatro, a porra de um galo começa a cantar, e perco o sono. Eu não tinha proibido essa merda?

A mãe

Meu chefe pediu que eu revisasse um contrato. Tinha que conferir as armadilhas das entrelinhas de cláusulas inocentes. Fiz minha carreira no banco defendendo o cofre, impedindo que fossem pagas as indenizações requeridas aos montes na justiça. Prejudicando os ex-funcionários do grupo, que deitaram a juventude, os sonhos, a relação com os filhos, em prol da produtividade. Depois, meu papel passou a ser o de prevenir furadas futuras. Que nenhum acordo virasse ônus para o banco. Que vida desgraçada. Quem merece ter uma mãe assim?

Virgínia, a senhora tem uma reunião com a gestora de RH em vinte minutos, mas se quiser adiantar... Pede pra ela entrar, Márcia, por favor? Oi, Virgínia, quanto tempo! Coisa boa, Ester, quando a gente fica esse tempo sem se ver é sinal de que não vamos ter programa de incentivo de demissão. É o que nos leva à pauta da reunião. Então vai acontecer mesmo? Vim discutir o custo disso com você — interrompe a frase para atender ao telefone, Um minuto, é lá de casa.

Oi, Jéssica, a fralda de pano tem um recheio, isso, que você precisa colocar. Isso. Joga no vaso e dá descarga. A pomada é a amarela. Weleda, é com W mas fala com V. Vai na farmácia com a bisnaga antiga. É, isso, mais fácil. Preciso desligar, tô no meio de uma reunião. Depois a gente se fala. Tchau, tchau.

É verdade, bebê novo. A última vez que nos vimos você estava grávida. Ester vira o celular que estava na mesa e, sem desbloquear, mostra foto dos dois filhos. Lindos. Muito lindos, meu estômago embrulha, pergunto como ela faz para conciliar a maternidade e o cargo de chefia. Você precisa contratar pessoas em quem possa confiar, gente que você consiga treinar. Nesse momento, acho que a própria Ester repensa seu esquema. Se ela viu a mesma imagem que eu, enxergou um cachorro correndo atrás do rabo. É complexo, porque às vezes tem que trocar de equipe, tem que ter uma sub pra babá. É uma operação de guerra, mas não tem jeito, né? O mercado não espera as crianças crescerem..., conclui.

Paro de escutar as palavras de Ester. Pelo janelão detrás dela, vejo um pedaço da cidade. Dimensiono a quantidade de tempo que fico presa naquela sala. Com uma criança em casa continuaria presa, imaginando, através dessa mesma janela, pai e filho indo ao parque de bicicleta com a cadeirinha acoplada. Henrí seria, decerto, adepto da fralda ecológica. Eles se vinculariam nas massagens de shantala e quando Henrí cantasse as músicas dos Beatles para o bebê. E eu faltante, sempre. Meu filho não seria um galho meu.

A mim caberia o papel de manter tudo funcionando, sem ter realmente a capacidade de me envolver. A burra de carga aqui ia ter que trabalhar muito para bancar essa vida de paizão da porra da escolinha montessoriana.

E tem a culpa também, né? — a palavra culpa me traz de

volta para o momento. Nasce um bebê, nasce uma mãe, nasce uma culpa.

Culpa, repeti. Mal fiz um teste de farmácia e já sentia.

O papo tá bom, mas vamos enxugar essa receita?

Penteava o cabelo sem doer

Virgínia, minha filha,
 Espero que você esteja bem. Adorei a brincadeira com o e-mail novo. Me faz lembrar de quando você era adolescente e escondia seus diários no estrado da cama. Sinceramente, me choca essa história de ter nossas conversas violadas. Tem tempo que percebo o olhar vigilante que te espreita e vasculha sua intimidade. Iria a São Paulo hoje para te colocar no colo e falar tudo o que está engasgado, mas estou com muita dor nas articulações. O tempo frio não vai me fazer bem, por isso te escrevo.
 Sinto invadir sua vida pessoal; no entanto, essa situação toda está além do aceitável. Na festa de inauguração da estátua, você falou que esse homem te faz sentir uma deusa. Não é o que eu vejo.
 Minha filha, percebo a minha história se repetir. O que os relacionamentos de abuso de confiança têm em comum é: os manipuladores são adoráveis. Eles são sempre apaixonantes, nos fazem pender a balança ao seu favor, porque são pacientes. Nos envolvem tal qual uma constritora antes de nos sufocar. Eu sei o que a cobra

que se arrodeou no meu corpo queria. Você sabe o que sua serpente quer?

Você já se perguntou qual o custo para se manter ilhada sob esse céu escuro, onde Nanã te observa ser drenada? Como sua mãe, te digo, você está desviada da beleza que nasceu pra contemplar.

Quando você veio pra mim, Virgínia, eu também era uma criança. Sabe, sua avó teve muitos filhos e muitas cabeças pra arrumar. Meu cabelo era penteado com pressa. Sempre puxavam demais, sempre doía demais. Por causa disso, aprendi a te tocar com suavidade. Penteava seu cabelo por horas, se fosse necessário, penteava seu cabelo sem doer. Não tive esse cuidado todo com você pra te ver sofrer tortura na mão dessa pessoa ruim.

Quando descobri que estava grávida, minha família me amparou, pra que eu te amparasse. Todo esforço pra te dar uma base, mesmo faltando um pai na sua história. Não faltarão braços pra embalar você e os seus, minha filha, desde que seja o seu desejo.

Estou com você para qualquer decisão.

Queria que viesse passar este fim de semana comigo.

Beijos, mamãe.

Um x na mão

Do servidor do escritório, mando um e-mail para P. e Dóris. Conseguem me encontrar no parque Trianon às 14h? Dóris responde a todos os remetentes, Seu telefone tá com espião, Virgínia? É seguro falar por aqui? Acho que sim, respondo para ambas as perguntas.

Ponho o celular no modo avião e caminho vacilante ao encontro das duas. Meu olhar periférico e o alerta dos meus orixás entram em curto , estou desorientada. Reforço um hábito já antigo: andar olhando para trás. Me sentia observada o tempo todo. Vai ver a sensação era por causa desse aplicativo que Henrí tinha instalado no meu aparelho. Paranoia ou instinto de sobrevivência?

Marco com as meninas num banco do parque, bem afastado da entrada da Paulista. Avisto as duas de longe e desabo. Não consigo segurar todas as lágrimas com as mãos. Enquanto me amparam, Dóris e Penélope me cobram decisões. Enxugo o rosto e tomo ar, Você conseguiu o negócio, Dóris?, Tá aqui, dá dois

tapinhas na bolsa a tiracolo. Vi, você já contou pra ele? Não sei se quero.
 E o que você vai fazer?, Penélope quer saber. Quero saber também. O que eu vou fazer?, o que Henrí vai fazer com o que eu vou fazer? Estou marcada pela decisão que tomar, seja ela qual for. Isto é o que me acomete, a dúvida e a constatação do erro da véspera que não posso mais corrigir. Penélope anda de um lado para o outro à nossa frente.
 A única certeza é que não quero ser mãe. Quebro o silêncio depois de um hiato de perguntas. Não quero ser mãe, mas não posso fazer isso com o Henrí. Como assim, Virgínia, pelo amor de deus! Dóris, eu sei de tudo, que ele é abusivo, que é um encostado, que me manipula. Dóris me interrompe, sabendo que pela dinâmica da minha pausa logo haveria um "mas". Mas não acho justo tomar essa decisão sozinha, e a verdade é que ainda não tô pronta pra viver sem ele. Confesso, arrancando esse esparadrapo de uma vez. Mesmo que doa admitir.
 Virgínia, tô sem saber se devo ligar pra sua mãe agora e pedir reforço. Penélope intervém, Mano, na moral, você me chamou aqui pra quê?, o que você quer de mim? Que você não me julgue, Penélope. Na boa, Virgínia, já aguentei foi coisa nesse último ano, não suporto mais essa lenga-lenga, você jogou na nossa vida uma pessoa que só trouxe desassossego. Só falta você levantar a plaquinha, Penélope: eu avisei. Mano, tô pouco me fodendo se eu avisei, deixei de avisar, minha preocupação é outra. Penélope havia guardado palavras demais sobre o que ela me via passar, acho que foi o desespero que a fez destravar a metralhadora. Ela não para enquanto a munição não acaba. Você quer saber o que as pessoas falam?, que isso vai acabar em tragédia, é isso que as pessoas que estão de fora enxergam, Virgínia, tragédia.
 Dóris se abaixa na altura dos meus joelhos, faz que chega

com a mão, pede a Penélope que pare. Desde que cheguei, não paro de olhar para o acesso do parque, que dá para a Paulista, o portão que tantas vezes cruzei com Henrí, e que agora me arrepia a ideia de vê-lo por lá. Vi, olha pra mim, por que você tá olhando pra trás?, quer ir lá pra casa? Dóris tira da bolsa uma embalagem de CD contendo cinco comprimidos, Onde você quer fazer isso?

Penélope vai tomando providências ao telefone, sei que está falando com minha mãe, porque a escuto dizer seu nome. Chora, Virgínia, Dóris diz, passando as mãos nas minhas costas encurvadas. Eu estou assustada, ausente. Deve ser assim que as mulheres reagem a um positivo, desejado ou não. Tenho meu rosto amparado pelas mãos e uma apatia causada pelo desespero. Só depois as outras etapas, essas só encaram as mães de filhos nascidos.

Até aqui eu sei. E, assim, na ausência de uma decisão drástica, a natureza se encarrega do resto. É a dicotomia da inércia com a revolução que acontece por dentro. De viver um dia de cada vez, se chega ao desfecho de passar uma cabeça pela vagina ou ter a barriga cortada em sete camadas diferentes de tecido. Eu não consigo decidir o que é pior. O restante eu suponho: a mudança definitiva do corpo e do status, nunca mais filha, só mãe dali em diante.

Sei das batalhas da amamentação, das rachaduras do peito à apojadura, do cheiro azedo do leite. Sei das cicatrizes e do temido puerpério. Sem falar do recém-nascido, que vai virar bebê, depois criança, e vai dar título de genitora a alguém. Eu não quero o que há por vir.

Dóris puxa minha mão, Vamos lá pra casa. Eu tenho excesso de saliva na boca, cuspo cinco, seis vezes no caminho para a Paulista, e mais uma vez antes de entrar no carro. Não quero ir pra sua casa, não quero que as crianças me vejam assim. Relaxa, vamos pra minha casa, Penélope diz sem nem me olhar. Sei que ela está com raiva, inclusive de mim, por ter deixado Henrí me transformar nessa grávida-zumbi-paranoica que não para de cuspir e de olhar para trás.

Entramos no táxi em direção à Vila Mariana e o tempo deslocou as coisas importantes do lugar. Henrí tinha razão, eu carregava comigo a história da minha mãe. Talvez ter esse filho fosse um jeito de superar. Você quis em algum momento, Vi? Desculpa, o quê?, Dóris me traz de volta para esse tempo comum. Ter filho com o Henrí. Balanço a cabeça, dizendo que não, com certeza não. Foi o quê, isso?, esqueceu a pílula? Não, fui só cedendo, constatei. Peguei ele sabotando a minha cartela, ele dizia sempre que eu estava desanimada, sem libido, pediu que eu parasse com os hormônios, não sei, tudo junto, deu nisso. Só me faltava essa, botar a culpa no remédio, o que faz você perder o apetite sexual é aquela boca de valão, Penélope provoca.

Enquanto as meninas pagam o táxi na porta do prédio da Penélope, penso em fazer sinal para o carro que vinha logo atrás e ir encontrar Henrí. A única coisa que me impede é a vergonha, se não tivesse ninguém aqui comigo, era o que eu faria.

O que esse vampiro fez com a tua cabeça? Eu fico revoltada. Na viagem de elevador até o sétimo andar, Penélope tem mais tempo para dizer o quanto está frustrada comigo. Isso aqui não é sobre você ou suas expectativas em relação a mim, Penélope, isso é sobre mim. Nunca tem a ver com ninguém, é sempre sobre você!, como as merdas que você faz afeta as pessoas é apenas um detalhezinho. Dóris nos coloca em perspectiva, Calma, P., agora não é hora, isso não ajuda.

Penélope vem da cozinha com um copo de água e empurra na minha direção. O cara quer meter um filho compulsoriamente, isso deve ser crime, Dóris. As duas conversam como se eu não estivesse ali. Pouso o copo de água na mesinha de apoio e me levanto, decidida a ir embora. Penélope me impede. Bebe e se organiza, mano. Obedeci.

Percebendo que se excedeu, Penélope se senta ao meu lado e me manda tomar goles pequenos, ir me conectando com as sensações, a água está gelada, tira minha bota e a meia grossa e me manda enfiar o pé na água morna que Dóris traz numa bacia. Taca umas gotas de óleo essencial. Desrespeita a contraindicação e pinga o óleo direto na minha pele, em diversos pontos. Cuida de mim como cuidava da mãe, quando tinha crise de pânico.

Tá tudo certo, olha, Vi, a gente vai procurar um psiquiatra, um psicólogo bacana, um grupo de apoio. A sua mãe tá vindo, quem sabe você não passa um tempo no Rio, eu vou com você. O plano que elas traçam para mim passa longe de Henrí. Entendi os adictos, os que pulam os muros protegidos das instituições, os que são capazes de tudo para fugir da abstinência. Sinto vontade de sair correndo.

Agradeço o colo, a acolhida, peço desculpas, digo que estou precisando de um tempo. Estou em negação. É difícil admitir que aquilo tudo é qualquer coisa, menos amor. Guardo na bolsa o encarte do CD, sem música nenhuma, apenas a solução dolorosa do meu problema.

Eu tiro onda pra onda não me tirar

Depois de pesquisar todos os tipos de terapeutas, psicólogos e abordagens, descubro que o mais importante é que essa profissional seja uma mulher preta, e peço ajuda num grupo de indicações. É óbvio que a publicação vira um grande fórum de discussão do quanto meu pedido é absurdo. "Os próprios pretos são os mais racistas", é o que dizem os brancos de maneira geral, "Somos todos humanos", contestam os negacionistas, ou ainda, "O que tem a ver a cor do profissional?". Ninguém se dói se forem maçons, judeus e evangélicos se relacionando apenas com os iguais, fazendo o dinheiro girar entre si ou buscando representatividade, que é o meu caso. No fim, decido fechar o post para novos comentários.

Na sexta, encontro P. no salão de Val. Saco que vai rolar um encontro com o cara do sigilo. Penélope não expôs para ninguém; mas eu sei pela cara de sonsa que ela faz quando troca mensagem com ele. Pergunto, É o cara do sigilo? Tô começando a achar que ele tá me enrolando. Mas você gosta dele? Virgínia, gostar, gostar eu gosto de mim. E de mim? De você, às vezes.

Vou te falar, ver você dando essa pirada aí, eu percebi que preciso cuidar de mim também, sabia?, também vou procurar ajuda. Peguei uns números, P., posso te passar depois. É, e alguma psicóloga da sua lista por acaso é pessoa com nanismo, Virgínia?, provoca.

Todo dia sem aguentar mais

O último suspiro do moribundo eu conheço. Experimentei quando o sofrimento se acomodou na minha rotina. Quando chego em casa, Henrí está tirando uma lasanha do forno. Oi, amor, tá tudo bem? Que cara é essa? Enfio o rosto no peito dele, peço desculpa em silêncio por tudo que eu ainda ia fazer.

Não poderia dizer a Henrí sobre minha decisão, muito menos pedir que ele segurasse a minha mão durante o processo. E se eu não estivesse partilhando isso com ele, tampouco poderia fazê-lo com Penélope e Dóris. Esse era um momento meu, o limite do que é íntimo.

Invento uma viagem a trabalho para Belo Horizonte que calhava de ser na semana que ele e Venga combinaram de construir um galinheiro para um parceiro de rinha, nos cafundós de Jacareí. Poxa, amor, vou ficar com tanta saudade, menti. Posso desmarcar com Venga e vou com você. Não precisa, você sabe como são essas auditorias, não faz sentido você ir comigo e ficar preso no hotel. Tudo bem se eu não for mesmo? Tudo bem, certeza. Dóris aciona uma rede que monitora as intervenções medicamentosas em BH e uma ativista voluntária para ficar comigo as quarenta e oito horas necessárias para resolver a gestação em silêncio.

Passo o mês seguinte sangrando muito. Numa sexta, chego em casa do trabalho com cerveja e pizza, dizendo que estava com um fluxo descontrolado na menstruação e que a médica tinha mandado voltar com a pílula. Dói passar todos esses dias fingindo que não está acontecendo nada. Meu objetivo é seguir adiante com Henrí e para isso preciso manter uma personagem, assim separo o meu luto clandestino da vida que sigo dividindo com ele.

Não demora muito para que voltemos a ser exatamente quem éramos um para o outro. Henrí passa a implicar com o meu silêncio. Volta a me acordar de madrugada chorando, às vezes dengoso, dizendo para eu nunca deixá-lo, outras vezes agressivo, me acusando de estar com ele para tapar o buraco da falta de Jorge.

Passamos um dezembro calmo. Aos poucos, volto a fazer planos a longo prazo com Henrí. Somos chamados para uma festa de réveillon, numa cobertura na Paulista. Era um evento estendido, devíamos chegar cedo no dia 31, antes das ruas de acesso fecharem para os carros, e depois combinamos de esticar para encontrar Venga, no show na avenida.

Um amor, assim delicado

Passar a virada com Dóris e Penélope não é uma opção. Ficou subentendido que não iríamos nos encontrar em dezembro, como não nos encontramos em novembro. Sinto tanta falta delas. Henrí e eu saímos para fazer compras e enchemos o carrinho de vinhos e de itens da lista para prepararmos nosso almoço. Henrí está muito animado para a festa fechada do pessoal do banco, ele adora desfilar comigo nos mais variados cenários, uma forma de solidificar nossa relação.

Depois de quase quatro garrafas de vinho, sinto uma vontade acumulada de chorar. Vou ao banheiro sem que Henrí note e mando mensagem no grupo que tenho com as meninas, inativo pelo nosso afastamento, Daria tudo pra passar essa noite com vocês. Arquivei a conversa. Enxugo as lágrimas e volto sorrindo para o jardim, onde Henrí dança com os braços para cima. Faço o mesmo passo, ele me abraça. Seguimos dançando no quintal, bêbados, tentando ficar satisfeitos com as migalhas que éramos capazes de oferecer um ao outro.

Quando entro no banho, grito para Henrí ir para o chuveiro.

Mas, ao aparecer na porta, a feição dele não é mais a mesma. Quer dizer que você daria tudo pra passar a virada de ano com Dóris e Penélope? A essa altura, a insegurança de Henrí não é descabida, mas a mesma de sempre, desde o começo, quando eu ainda não tinha nenhum segredo para esconder dele.

Aquele homem crescido move os braços para cima e para baixo, com as pernas entreabertas e chora, contorcendo o rosto, jorrando lágrimas. Eu só tinha assistido a um adulto fazer isso nos filmes que tinha cenário de neve, quando as pessoas se deitavam sobre ela e faziam "anjinho". Acontece muito também no shopping, no supermercado, e eu não acho isso mais razoável só por ser protagonizado por uma criança. Só é legal nos filmes. Momentaneamente, desprezo Henrí e seus episódios repetidos de pirraça.

Quando encerra a primeira cena, vai pro segundo ato: senta na porta de casa, vestindo a bermuda com a qual ia passar a virada, descalço e com chapéu-panamá, chorando aos berros, chamando a atenção dos vizinhos, sempre atentos, de sobreaviso, à movimentação vinda da nossa casa.

Henrí azucrina. Grita que eu sou uma mentirosa, uma puta falsa, e à medida que os insultos aumentam, as luzes da vizinhança vão se acendendo. Como se estivesse no centro de um palco, ele atua. Diz que eu não estou acostumada com pessoas emocionalmente disponíveis para mim, como ele é, por isso me escondo feito uma rata no banheiro para traí-lo. Não peço desculpas, mas baixo ainda mais meu tom de voz e falo para a gente entrar.

Apesar de achar toda a cena patética, me sinto responsável pela instabilidade. Eu até identifico a artimanha dele para me sensibilizar. Mas não é sempre que eu vejo que desvio. Minutos depois, lá estou eu, amando tudo de novo, desejando apaziguar a ele e a mim. Henrí decide que o show tem que terminar com intuito de retomar a programação. Vamos esquecer isso, mas você nunca mais esconda nada de mim, tudo bem?

Dentro de casa, me sinto menos exposta para assumir que estou injuriada. Agindo como se nada tivesse acontecido, Henrí me abraça e diz que me perdoa. Eu enrolo minha trança no cocuruto da cabeça, jurando que essa é a última vez. Henrí chega por trás e me beija o pescoço, mas não amoleço. Levanta o zíper do meu vestido e me manda melhorar a cara para a gente não perder a festa. Pelo espelho, encaro Henrí, Quer saber, eu não tô mais no clima. Dobro meu braço direito nas costas e desço o fecho ecler que ele havia acabado de subir.

Henrí volta a se alterar, Você estraga tudo, sempre, não tá pronta pra receber amor de verdade. Não passa de uma mimada, garotinha da mamãe, vai mesmo fazer isso? Vai estragar nosso réveillon? Vou até o guarda-roupas e pego no fundo da gaveta uma camiseta surrada da gravadora Motown.

Princesa, surpresa, você me arrasou

A camiseta originalmente era de Renê. Era no colo de Renê que eu chorava por causa de Jorge. Às vezes, saía da faculdade direto para a casa dele e ele me entregava a mesma blusa; me dei conta de que aquele pedaço de pano virou um símbolo do meu conforto emocional. Saio do quarto, onde Henrí oscila entre me insultar e pedir para eu tirar aquele trapo e botar novamente meu vestido branco.

Na pia do banheiro, encontro meu celular tocando sem parar, com muitas notificações de ligações perdidas da Penélope e Dóris. Fecho a porta com chave e só saio quando ouço Henrí descendo as escadas. Ele combinou um ponto de encontro com Venga, falando bem alto, para que eu ouvisse e tentasse impedi-lo. Não tento. Pega uma garrafa de vinho, das caras, e desce a Luís Góis bebendo direto do gargalo. Com medo de que uma das duas aparecesse em casa para conferir como eu estava, mando mensagem de texto, dizendo que tinha ido a uma festa e tomado um MDMA. Escrevo as palavras com muitas vogais para passar uma empolgação de virada de ano. Aqui tá muito barulho, vou ficar sem bateria. Ligo pra vocês amanhã, digito, enquanto vejo da varanda Henrí desaparecer rua acima. Desligo o celular.

Adeus, ano velho

Depois de fazer um chá de melissa da horta, assisto aos fogos da Paulista pela televisão comendo biscoito de água e sal. Adormeço no sofá, lembrando das coisas que já aturei, convicta de que nesse ano novo eu vou me respeitar um pouco mais. Tinha frustrado uma expectativa de Henrí me enfiando na minha camiseta, e a sensação é ótima. Mamãe ainda hoje me pede para ter uma boa noite de sono antes de tomar decisões. Nada melhor do que dois dias com uma noite no meio.

Quando acordo e não encontro Henrí, começo a ligar para ele, e nada. Passo o dia angustiada, tentando não surtar. E se Henrí tiver conhecido alguém? E se estiver com uma pessoa agora mesmo? Não quero perder meu homem, meu marido. Henrí tem razão, ele está me ensinando esse tempo todo uma nova forma de se relacionar, com mais entrega. Preciso melhorar para receber esse amor, mais intenso, mais íntimo.

Henrí não atende às minhas ligações nos três dias seguidos.

Dóris me liga para perguntar como está meu recesso, e eu minto em tudo. A qualquer barulho no portão, me levanto da cama para conferir, conformada de que mereço o castigo.

Feliz ano velho

São Paulo, 3 de janeiro

"Quero desistir. Não posso passar muito tempo nesse estado de vazio, o vazio ocupa espaço demais."

Abro o presente que Beatriz me deu de natal, um diário com temas infantis e cadeado; no cartão, ela escreveu, Encontre com sua criança, com amor, mamãe. Sonhava com isso quando era adolescente. O presente me parece poético e inútil, até lista de compras digito no celular. Mas desenho de Bic azul umas ruas, uns portões, umas pessoas que eu não conhecia. Eu sempre desenhei bem, só estava enferrujada. No meio de uma rua sem saída, parecida com aquela em que eu morava, escrevo sobre meu estado de espírito no terceiro dia de janeiro.

Procrastinar o fim, dar um pouco de mole, não é um dano definitivo, no fim das contas. Quando Henrí volta para casa, chega amoroso, não faço nenhuma queixa. Corro na direção dele e pulo no seu pescoço, envolvendo a cintura com as minhas pernas. Eu não devia ter mandado aquela mensagem pras meninas, agora eu entendo a dor que te causei, me perdoa. Me comprometo a ser uma companheira melhor. Peço desculpa em silêncio, por ter decidido sozinha o desfecho da gravidez.

Nas semanas seguintes, acordamos dispostos a dias calmos, mas qualquer desencontro de opinião pode culminar numa ameaça de fuga, numa noite de choro. A manutenção dessa paz cai na minha conta. Começo a escolher melhor as palavras e a falar tudo de um jeito mais doce, fazer movimentos menos abruptos, inclusive de sobrancelhas. Meço a extensão dos sorrisos ou o volume das gargalhadas que poderiam disparar combate. O que me faria gargalhar, senão ele? Me calar acabou sendo a estratégia mais eficaz na tentativa de seguir caminhando com Henrí, circundando esse abismo.

Todo dia eu sigo aguentando um pouco mais.

Espelho preto

Toda vez que chamo uma trancista em casa, me sento em frente da penteadeira e me permito viajar num encontro com as minhas vozes, a quem dou rosto de avós e avôs do meu imaginário. Se fecho os olhos, sinto minha mãe me penteando, no nosso ritual de cumplicidade, quando o mundo parava e não havia qualquer outro compromisso senão fortalecer minha autoestima. Minha mãe cantava a música que ouviu da minha avó, que ela escutou da avó também. O que era afeto virou militância.

Você que é filha do mundo
D'África, mãe de tudo
Você é filha do mundo
Dona de si, dona de tudo

Por que sempre adio uma terapia? Sequer estou me dedicando à minha espiritualidade. Sei que, quando eu me deparar com o meu reflexo, vou ter que cavoucar profundo os torrões onde minhas dores estão enterradas, e vou ter que assumir que não posso usar o Henrí para estancar fissuras.

Nesse momento, meus velhos, e principalmente minhas velhas, vão dizer que eu nasci com quintal pronto, que meu caminho de ouro e turmalina vai atrair muitas distrações. Vão dizer que amar é menos se encontrar com o outro e mais não se perder de si.

Você é exatamente a dona do mundo
Filha de África, dona de tudo.

Perdoem se eu continuei agindo como se fosse possível suportar.

Cuidado com a P.

Estamos no gramado, Henrí cochila e eu aproveito um pouco de sol depois de semanas de tempo fechado. Quando a campainha toca, enrolo a canga e vou até o portão, pensando que pudesse ser uma entrega. Penélope passa por mim, perguntando se eu já almocei, atravessando o jardim cheia de bolsas do nosso restaurante preferido e fala boa-tarde para Henrí. Passo o dia inteiro com a P., jogando conversa fora, lembrando de assuntos velhos, fazendo fofoca de uns ex-colegas de trabalho, comentando os casos de assédios na Fifa que pipocaram agora, mas que desde 2010 não são segredo para ninguém.

Penélope vai embora tarde da noite. No portão, agradeço por ter vindo me ver. Ela responde que não ia ser fácil assim se livrar dela, fala alto para Henrí ouvir.

Henrí sempre temeu P., a força que ela exercia sobre mim e seu próprio fascínio por ela inteira. "Sobrenatural." Me sacudiu um dia, ao acordar, para contar do pesadelo. Virgínia, acorda!

Usava palavras para instigar medo, para que eu acreditasse que o corpo da pequena fosse preenchido de maldade.
    Eu queria que a P. viesse todo dia.

Receba estas flores

Não via Dóris desde que viajei para Belo Horizonte. Passei novembro, dezembro e janeiro quase isolada, a visita da Penélope era o que eu precisava para pegar o telefone e pedir a Dóris que fosse comigo ao litoral sul, fazer minha oferenda. Não vai pra Bahia, Vi? Este ano, não. Este ano, o Guarujá vai servir. Saímos de carro pela Imigrantes, Penélope, Dóris e os gêmeos, vamos jogar flores para Janaína, lavar o corpo com água de sal e pedir proteção. No fim do dia, voltamos para casa com promessas de a gente não ficar mais tanto tempo sem se ver. A mãe de todos já tinha restaurado o que era meu.

Combo de Diane e sertralina

Aos poucos, as meninas voltam a me visitar, não com a frequência de antes, e também ficam menos tempo. Está escuro dentro de mim. Tudo guardado num canto qualquer. Tem uns cantos dentro da gente onde a luz não incide e lá se alojam esses sepulcros. Conto a Penélope e Dóris como tudo tinha acontecido. Digo a elas palavras que versavam com alívio.

Mas era tudo no sentido contrário.

Mas a noite é uma criança distraída

Ketu e Amina convidaram uns amigos para uma reuniãozinha na casa delas, em Pinheiros. Penélope disse que ia aparecer por lá, Henrí e eu também nos animamos com a ideia de sair um pouco juntos. Henrí sugeriu que comemoremos nosso aniversário com a Ketu, que tinha sido responsável por me levar ao Aparelha naquela noite. Quando ela nos recebe na porta de casa, Henrí agradece a Ketu com um abraço cerimonioso. Acompanho de perto e percebo a cara de desdém de Ketu. Nossa amizade ainda é recente, com uma dinâmica própria, independente da P. — nossa amiga em comum. Queria manter esse espaço imaculado e, por isso, alternava entre aceitar e recusar convites, para não desgastar a relação e não dar nenhuma chance para o azar.

Nos acomodamos na varandinha e, mesmo com Henrí tendo extrapolado no conhaque, tudo parece fluir bem. Até que começa um papo sobre a peça que Ketu acabara de estrear e tudo descamba quando Henrí resolve compartilhar as opiniões dele.

Meio brincando, mas totalmente a sério, Henrí diz, Com todo o respeito, Ketu pode ficar tranquila com a aceitação. É óbvio que a peça vai ser elogiada. Hoje em dia, com essa coisa de grupos identitários qualquer crítica negativa é racismo. Pediu que não levasse para o pessoal, que aquilo ali era um papo entre iguais. Todos fomos pegos de surpresa, Ketu não consegue pensar rápido para responder à altura. Além de constrangida, está incrédula. Isso é um efeito colateral do contato imediato com Henrí. Da minha parte, estava torcendo para ela perguntar: "Quem é você na coxia pra falar alguma coisa da minha peça?". Tentando dar um jeito na situação, falo que dali a pouco temos outro compromisso e que talvez seja melhor irmos nessa. Ketu, com a expressão aparentemente serena, se levanta, caminha até a porta e faz um gesto que diz que a porta da rua é a serventia da casa. Recolho minha bolsa em silêncio, encarando os meus pés. Na hora de dizer tchau a Ketu, percebo um misto de ódio e dó no olhar dela. Que vergonha passar por isso, mas por dentro me conecto com o sentimento que emana de Ketu.

Levar aquele homem para casa é como recolher o cocô do cachorro na calçada. Muito mais um ato cívico para que as outras pessoas não se sujem do que vontade de ir com ele a qualquer lugar.

Henrí está fumando um baseado quando o carro de aplicativo chega. Ao atravessar o portão da casa de Ketu, parece já ter esquecido o tanto de vergonha que me fez passar lá dentro há apenas dois minutos, ou está tentando naturalizar a humilhação.

Acompanho o trajeto do carro pelo aplicativo, vejo na tela que se aproxima, Apaga, Henrí, o carro tá chegando. Ele me abraça por trás e põe o pau pra fora. Ficamos ali, eu em pé, com as duas mãos no celular, ele abraçado à minha cintura, fumando um baseado, roçando na minha calça. É sério isso? Quando o motorista chega, eu digo por cima dos ombros, Apaga o cigarro, e espero até que ele guarde o pau para não correr o risco de o motorista ver a cena e não nos levar. Eu só quero ir embora.

Me adianto em direção à porta de trás. Entro e deixo aberta para Henrí, que faz menção de entrar com a porra do baseado aceso. Boa noite, preciso que o senhor apague. Henrí, bêbado, enfia a cara na janela do passageiro e começa a ofender o trabalhador com o discurso revolucionário de sempre. Quando termina, dá uma baforada do cigarro de maconha que ocupa o carro todo. O motorista me encara plácido, como se já tivesse passado por coisas piores naquela noite. Saio do carro, peço desculpa e entrego uma nota de cinquenta a ele, dizendo que podia ficar com o troco.

O próximo chega mais rápido. Aviso a Henrí que, dessa vez, se houver qualquer intercorrência, ele vai voltar a pé. Henrí apaga o beque na língua. Abre a porta pra mim, quando o veículo estaciona. Com uma pose de adulador, abaixa-se, como se estivesse fazendo reverência, enquanto passo por ele; o deboche é um recado. Dou boa-noite ao condutor, que retribui.

Deixo tua carne ferida

Estabeleço contato visual com o motorista pelo retrovisor. Olho no aplicativo e vejo o nome dele — Carlos —, a reputação e o número de viagens. Ele parece tanto com meu tio Paulinho. Puxo conversa, pergunto sobre a noite de trabalho. Tranquilo, conta que na última viagem levou uma velhinha à missa, acompanhada da neta adolescente plugada no fone de ouvido. Henrí interrompe a tentativa de conversa, pedindo a ele que parasse em algum posto de gasolina para comprar cerveja. Não gostei do jeito ríspido que Henrí nos interrompe, não tinha exatamente nenhum problema em levar cervejas, mas sobreponho a ordem dele dizendo ao motorista para tocar direto, que precisávamos chegar logo. Henrí resmunga, o motorista percebe o clima hostil e passa a usar os retrovisores laterais, não olha mais para mim no espelhinho.

Abro a janela, apesar do frio, e enfio o rosto para fora, como se fosse um buraco, um buraco gelado que esfriava também meus olhos. Lembro de gostar de chorar contra o vento. Meu corpo está todo voltado para a porta, meus ombros apontam para fora, assim como meus joelhos. Você tá puta comigo porque eu falei aquilo sobre a peça da Ketu? Você sabe que é verdade. Não respondo mesmo sabendo que não, não era verdade. Sei como posso reagir com tanta raiva represada.

    Faço exercícios diários para não acordar o vulcão que pode queimar tudo à minha volta e a mim mesma. Ao meu silêncio, Henrí responde com grosseria, Ei, você não me ignora, não, tá entendendo?, não sou o otário do Renê, não, Virgínia. Minha falta de paciência soa como um grito, mas é apenas meu pulmão filtrando a raiva, Temos meia hora até chegar em casa. Vamos nos concentrar em baixar os ânimos, estamos cansados, chega por hoje. O silêncio de constrangimento de Carlos incide sobre mim. A voz da minha cabeça, que geralmente me humilha, se cansou e não tem nada a me dizer. Todo mundo desistiu de mim. Um abandono representado pela indiferença daquele homem preto ao volante que pode até não me julgar, mas me testemunha.

    É você que diz sempre quando chega, né?, e se eu não quiser que chegue, Virgínia?, vai fazer o quê?, vai me mandar embora?, vai me despedir?, é o quê, vai contratar o motorista? Ô, motorista, você tem um pauzão?, porque essa aí gosta de pauzão de negão. É isso, Henrí. Você tem razão, eu gosto de pau de negão. É verdade que tenho vergonha de você, fico te escondendo porque é inconveniente, desagradável e desrespeitoso. Você tá certo, sim, eu te banco pra você me comer com essa piroquinha, e não pra ficar me azucrinando com esse espetaculozinho de merda.

    Henrí avança sobre mim, puxando meu corpo, colando seu rosto no meu, tapando minha boca com a mão. Mordo os dedos dele, não permito que me cale. A força da mão dele contra a minha boca faz com que meus lábios se cortem, talvez no contato com o meu dente. O gosto do sangue avisa que a situação tinha ultrapassado todos os limites. Para tirar o peso do seu corpo de cima do meu, fujo o quadril para o espaço entre o banco de trás e o da frente e chuto o rosto de Henrí. Na tentativa do segundo chute, ele segura minha perna. Desce a mão direita, que estava na minha boca, para o meu queixo, apertando com mais força. Henrí me encobre com o corpo. Segura minha perna, afasta uma da outra, abrindo como um compasso, me puxa pelos cotovelos, de modo que fico deitada com as costas plantadas no banco. Henrí desce o rosto em direção à minha virilha e, por uma fração de segundo, acho que vai me chupar. Ainda com a mão apertando minha mandíbula, impedindo que eu gritasse, crava os dentes na minha vagina, lacrando meus grandes lábios com uma mordida.

Minhas duas bocas caladas, grito pelos olhos.

Dois corpos no chão, que azar

Passei uma vida ouvindo minhas raízes alertarem sobre ficar longe de vexames. Antes de conhecer Henrí, falava olhando no olho das pessoas. Essa relação tensiona minha cervical, tenho visto muito a ponta dos meus pés. Pelo ombro esquerdo do motorista, entreguei quatro notas de cinquenta. Ainda hoje, tempos depois, penso em Carlos. Será que ele achou que aquela movimentação era da nossa dinâmica e resolveu não se meter? Ou ele apenas não se importou? Por que ele haveria de me proteger, se eu mesma não o faço? Ali, era eu comigo mesma.

Me arrastei até a cozinha de casa e desabei no chão. Henrí veio atrás de mim, perguntando se eu estava satisfeita. Mulheres como você enlouquecem os homens, olha o que você me fez fazer. Você não pode humilhar um homem daquela forma. Entre choro, soluços e catarros, pedi desculpas por ofender sua honra, mentir sobre a qualidade do seu pau, diminuí-lo na frente de outro homem.

Henrí se agachou e, de cócoras, bem mais calmo, disse que não queria mais esse relacionamento. Que eu não cumpria o acordo de ser o contrapeso quando ele estivesse furioso, que desculpas não resolviam. Falou sobre a gente ter chegado a um limite, o limite dele. Disse que eu era a mulher da sua vida, que ele jamais amou alguém assim. Eu estava deitada, com o corpo estirado, as mãos sobre a testa, quando ele se aproximou. Por reflexo, me encolhi como uma tartaruga de Xangô dentro do casco.

Virgínia, você tá com medo de mim?

Olha o que você fez. Tô sangrando na boca e na buceta, desse amor que você diz que eu não mereço, que eu não sei como usar.

Como resposta, ele começou a se arranhar, se bater, estourar a cabeça contra a janela de vidro até abrir a testa e cair no chão, chorando a dor imensa que sentia por ter me violentado. Me arrastei até ele, acolhi meu agressor. Com pena, ajeitei a cabeça dele no meu colo, passando a mão sobre sua feição, irreconhecível, enquanto me perguntava o que havia de errado comigo.

Sobre os cacos de vidro, eu embalava aquele amalgamado de dor e retalho, envolvido na promessa de curar aquele amor que um dia seria saudável e seguro. Depois, no futuro de algum lugar, nunca agora.

Levantei machucada, evitando os cacos, e amparei o corpo em crise de Henrí pelas escadas, dei banho nele e o levei para dormir. Adormeci também, num desejo de que, quando eu acordasse, tudo isso jamais tivesse acontecido.

Palo santo

Acordei com dificuldade, as remelas pareciam querer manter meus olhos fechados. Henrí não estava no quarto. Entrei no banheiro e, no espelho, havia um post-it com um poema de Neruda. Parecia que a minha disposição de relevar também tinha ficado menor ontem, como eu. Amassei o papel e joguei no lixo, quando meu celular tocou. Era Ketu, queria saber se eu tinha chegado bem. Omiti o desfecho da noite, o papelão na casa dela foi suficiente para que me aconselhasse a buscar ajuda profissional. Resgatei a tal postagem polêmica com indicações de psicólogas pretas, liguei para umas três até chegar a essa que topou uma consulta de emergência. Como eu ia contar para uma desconhecida a violência que sofri? Não foi um soco. Um chute. Não vincou minhas costelas. Foi poético até. Eu provoquei. Foi romântico. Ele só queria um pedaço de mim. Deve ser da mesma ordem do desespero que um bebê sente, aquela agonia de morder o bico do peito da mãe. Não era por mal.

Pelo menos um bebê não faria por mal.

A água bateu primeiro no meu ombro, depois na minha

boca, e depois na minha vagina, senti as dores se integrarem. Todos os fatos estavam revelados bem em frente aos meus olhos. Precisava honrar quem eu sou. Quem me formou para que eu chegasse íntegra até aqui. A ligação de Ketu pela manhã não deixava dúvidas de que eu estava fazendo dupla com um compositor muito ruim. Ketu disse que eu seria bem-vinda de volta quando estivesse sozinha, mas pediu que eu nunca mais levasse Henrí para a casa dela. Lamentou ter ido comigo ao Aparelha aquele dia, Fico pensando se eu não tivesse passado pra te buscar, talvez você não tivesse conhecido esse cara, não estaria nessa situação agora.

Ao descer as escadas, vi Henrí meditando. A casa tinha flores em todos os vasos. Bom dia, amor, vai sair? Sem responder, fui até a mesa de cabeceira onde a caixinha de som ressoava o guia de meditação do celular de Henrí. Desbloqueia, Henrí, qual é a senha? O que você quer com o meu celular? O que eu quero?, você só pode estar de sacanagem comigo, quer privacidade, Henrí?, eu quero a minha de volta.

Ele se recusou a compartilhar a senha numérica para desbloquear o aparelho, joguei na minha bolsa mesmo assim e fui em direção à porta. A virada de uma pessoa que estava meditando para alguém que tentava impedir a minha passagem foi quase circense. Não encosta em mim, Henrí, tô avisando. Henrí me seguiu até o portão, Olha lá o que você vai fazer, Virgínia, se eu tiver que ir embora pra Buenos Aires a culpa vai ser sua. O carro de aplicativo estava me esperando, apressei o passo, fechei a porta e pedi para o motorista agilizar a partida e me levar ao Shopping Santa Cruz, onde ficava o quiosque da Infocel. Experimentei a sensação nova de não carregar Henrí comigo.

Trata essa loucura

A psicóloga me explicou que não era assim que funcionava, como um grito de socorro. Que existia um processo, que eu precisava estar aplicada, compromissada, para que houvesse resultado. Pediu licença para me questionar se eu já havia ido à delegacia denunciar a violência. Foi a primeira vez que menti para ela, depois virou um hábito.

Como era possível? Eu, com quase trinta e oito anos, sagaz da vida, filha de militante, sofrendo violência doméstica? Não conseguia me encarar, como me mostrar para outra pessoa? Além disso, denunciar Henrí era romper com ele, com tudo que projetei nele. Não estava pronta, meu objetivo com a terapia era este, ir tirando esse curativo devagarinho, substituindo por drogas mais brandas. Tipo redução de danos.

Idealizei desmamar da relação aos poucos. Desejei ser possível ir caminhando amparada até a última vez. Visualizei uma despedida em que eu não estivesse sozinha depois do aceno final. Eu meio que tinha um plano: Penélope, Dóris e minha mãe me segurariam de um lado; a psicóloga, meu pai de santo, de outro, me fortalecendo, enquanto me despedia devagar. Não estava comprometida com a cura, estava comprometida em não morrer de dor. Saí da sala com encaminhamento para ver um psiquiatra.

Por que você não vai embora de vez?

Voltei para casa com o celular de Henrí formatado e a decisão de uma mudança. Pus duas taças na bancada, abri um vinho, servi. Henrí apareceu na porta. Interpretou a miragem da taça como um sinal de paz. Deixa eu dizer, Henrí. Preciso falar. Acabei de acionar uns corretores. Vou sair daqui o quanto antes, deslizei a taça na fórmica até a altura dele. Mas faço isso pra proteger a nossa relação, não desisti da gente. Acho saudável retroceder pra um namoro, a gente fez tudo muito rápido.

Henrí concordou, disse que iríamos encontrar juntos a solução. Que precisávamos nos recuperar dos últimos acontecimentos. Dormimos abraçados nas sobras de outro tempo, chorando em silêncio, agarrados no corpo um do outro com o propósito de deixar pedaço de tecido embaixo das unhas.

Seguimos com dias mornos. Contratei os serviços de uma empresa de mudança e agendei para sábado. Chamei Henrí para passarmos o fim de semana em Ilhabela. Previ que seria doloroso assistirmos às nossas coisas serem apartadas.

No restaurante do cais, iluminado com candeeiros, caminhamos pela areia antes do café e da conta. Por que as coisas mais bonitas são sempre as mais tristes? É? Quase sempre, você e a minha mãe. Me desculpa por tudo, Henrí. Me desculpa por tudo também, Vi.

Henrí me empurrou para um estaleiro e me beijou com intenção de convencimento. Não deu. Era a dança da fissura com a culpa. A matéria atendendo ao chamado e a cabeça sabendo que essa decisão é ruim desde o princípio. O sexo agora era artificial; de molhado, só o mar e a lágrima de despedida.

Quando voltamos para o sobrado, tivemos de desviar do vazio que ficou naquela casa. O eco do choro e o pedido para eu não ir, que não dava mais para atender. No canto da sala, as caixas que iriam comigo no carro, com indicações de cuidado. Pedido de atenção para essa fragilidade que é separar.

Henrí estava sentado na beirada da cama enquanto eu desfazia a mala que trouxe da praia. Pra que você vai desfazer essa mala?, Você vai embora mesmo. Henrí me contou dos seus planos de acabar com a própria vida. Meu corpo teso reagiu à chantagem, vi corrente em tudo. Sentei com ele e propus saídas práticas para a nova vida. Sugeri que entregasse a casa, que fosse morar em algum lugar mais barato. É muito cruel que você me abandone, que me deixe desamparado. Por que você me machucou tanto, Henrí?

Ninguém ama ninguém

Diz que quem ama não machuca, não expõe, não tripudia, não estupra, não rouba, não desampara, não destrói, não recalca, não inveja, não cobiça, não abusa, não morde, não arranca pedaços. Sigo sem saber se existe amor. A gente pratica o amor de quem ama demais, essa é a anistia do abuso.

Um teto todo seu

Nos primeiros três meses da mudança, encontrava Henrí nos fins de semana; no quarto mês, ele passou a ter compromisso da rinha na sexta e às vezes não nos encontrávamos aos sábados. Sentia que meu planejamento de tirá-lo aos poucos da minha vida estava funcionando. Até que soube que Henrí tinha conseguido uma pessoa nova para dividir o sobrado.

Uma mulher interessante, trabalhava como criadora de conteúdo e influencer, tinha acabado de se separar e procurou Henrí com o intuito de alugar uma suíte na casa toda reformada, de tantos quartos. Henrí passou a não me atender, a não ligar e a não aparecer aos domingos. Confirmei através de Ketu que a nova mulher tinha se mudado em definitivo para o quarto que tinha sido meu também. Entendi que era um posto fixo, e as mulheres se revezavam.

Numa noite, pedi um carro de aplicativo e fui dar umas voltas na minha antiga vizinhança. Não preciso fazer esforço para lembrar de toda felicidade que acontecia nos intervalos. Não é uma massagem no pé, um post-it no espelho do banheiro, um sexo oral que eu nem sabia que precisava tanto, um beijo no ombro quando ele me abraçava por trás. Não é uma frase. É como tudo isso se encaixava nos planos que eu tinha para mim. Toda imperfeição estava ausente.

Para aqui, por favor, saquei o telefone da bolsa, como uma menina, trêmula de adrenalina e saudade, disco o número de Henrí. Tô na porta, vem aqui. Pelo caminho do jardim, já crescido, tomado de ervas daninhas, ele veio sem camisa, com chapéu-panamá, caminhando como se fosse para um abraço. A nova namorada seguiu atrás, mas ficou distante, observando a minha importunação. Estava de calcinha, com uma camiseta dele, me olhando com pena. Henrí se aproveitou da minha presença para lançar sobre ela os dispositivos que, certa vez, também funcionaram comigo.

Disse que era para eu cair fora, que estava descontrolada, que ele estava casado, que era para eu procurar minhas amigas mocreias. Que eu deveria estar muito fodida mesmo, para ir atrás dele, no meio da madrugada. Que ainda tinha o cheiro da mulher dele na barba, e eu lá, mendigando um beijo.

Por trás de Henrí, via a mulher ainda inteira, orgulhosa desse amor gritado, publicitado. Talvez isso tudo também se encaixasse nos planos que ela tem para si. Talvez a gente tenha assistido aos mesmos filmes da sessão da tarde.

Dor fantasma

Tem sido difícil abrir os olhos. Acordo com Dóris e Penélope à beira da minha cama. Vejo a imagem de são Benedito na mesa de cabeceira e me lembro de que ainda não decorei a prece. Estou em casa. Ainda tenho as fitas de identificação e de emergência no meu pulso. Me viro para a parede e fecho os olhos para não ser incomodada, mas o incômodo está alojado em mim. Tentei me desvencilhar dele ontem. Foram quantos comprimidos? Toda vez que tomo muitos comprimidos alguém morre. O útero tem memória e eu ainda estou aqui.

Precisei pedir afastamento do trabalho, o laudo detalhou o motivo, superdosagem de medicamento controlado com ingestão de álcool. Fiz o caminho inverso, eu desconheci a paz porque resolvi subestimar o perigo.

Beatriz chega do Rio para passar uma temporada. São dias de silêncio. Ouço o barulho dos passos no assoalho, minha audição está aguçada. Ouço as portas abrindo e fechando, os passos descalços da minha mãe, o sininho da tornozeleira dela. Prestando atenção no barulho do chocalho, sei quando ela está perto do meu quarto. Fecho os olhos quando ela chega, e ela acredita que estou dormindo e me olha por minutos da porta. Só abro o olho quando o barulhinho vai ficando distante. Dóris e a Pequena vêm quase todos os dias trazendo pão quente, broa, cuca de banana. As rotinas, como essa do café da tarde, estabelecem uma nova ordem. Nos primeiros dias me mantive indiferente, mas depois começo a pensar que se eu não me levantar naquele momento para me sentar à mesa com as três, talvez eu faça isso num outro dia, ou no seguinte, se elas resistirem. Minha mãe passa o café no coador e bate na porta do quarto, Vi, as meninas estão aí. Isso me traz a sensação de normalidade esse mês inteiro em que me mantive recolhida.

Me levanto para fechar a janela, porque o vento faz as bandanas da cortina tremularem, ando até a escada, escuto a conversa delas, estão falando de teatro. Desço com cuidado, segurando nos espaldares, e de pé rente à mesa pergunto, Vocês podem marcar a Eliane pra mim? Dóris se levanta, puxa a cadeira para que eu me sente, A gente resolve isso. Queria um psiquiatra novo também, não quero voltar ao dr. Fábio. Minha mãe me serve uma xícara, traz prato e faca. Quer cuca de banana, Vi?, Penélope pergunta com a boca cheia de um pedaço que tinha abocanhado. Minha mãe volta para a cozinha cantando, "Abre as asas sobre mim, oh, senhora liberdade".

Quem eu sou força a passagem para um recomeço.

A vida não me assusta

O correio traz meus pacotes, já havia me esquecido que tinha encomendado o livro da Maya Angelou para o Antônio. Quando tiro a embalagem, um dinossauro preto com a coroa vazada sobre a cabeça ruge coragem na minha cara, com bafo quente de quem sobreviveu até aqui para me cobrar.

Oscilo entre dias muito ruins e dias em que me arrasto, cumprindo prazos, batendo metas, chegando até o próximo compromisso. São Paulo tem a cara de um argentino para mim. Ainda faço café para dois. Tenho a certeza de que vivi o tal do amor suicida.

Ter encontrado minha analista foi um passo importante, o recorte de quem eu sou é o ponto de onde partimos porque ela se parece comigo. Minhas sessões com Eliane preenchem duas tardes da minha semana, cada vez mais extensa. Voltamos ao muro das lamentações às terças, consigo passar pelo menos uma noite com meus afilhados, pra dar uma força para Dóris e Marina. Enchi a agenda com capoeira, francês e aula de desenho. Faz pouco mais de cinco meses que estou nessa rotina sem

Henrí, numa casa nova que encho de plantas caras que demandam minha devoção.

Mas, quando estou sozinha, ainda penso em desistir. Ando em companhia de uma sombra profunda. E se eu tiver perdido, em definitivo, o encantamento pela vida? Talvez precise conversar mais vezes por semana com a Eliane, o próximo passo é parar de mentir para ela.

Fé cênica

As terças viram extensão da minha terapia. Me ressinto de ter virado a monotemática. Conto enfim tudo que tinha omitido para Dóris e Penélope. Dóris começa a rascunhar um texto sobre o que ela presenciou. Vi, quero te mostrar uma coisa. Há semanas sinto Dóris me arrodeando, até que tira um calhamaço de dentro da bolsa. Dóris, meu deus, que coisa linda, você voltou a escrever. Preciso que você leia, Virgínia. Demoro uma semana para falar sobre aquilo que Dóris escreveu. É autorização que você quer? Se eu continuar escrevendo... Continua, sim, quero ver isso de outro ângulo. Isso vai me fazer bem, Dóris.

Os meses passam e eu ocupo meus dias assistindo cada passo do projeto. Uma espécie de consultora de dores profundas. Acompanho da finalização do texto até o ensaio geral, produzido e dirigido pela Penélope.

O projeto me desloca desse zumbido companheiro que é sentir falta de alguma coisa com o corpo inteiro.

Boy velho

De aniversário de oito anos, os meninos pediram para andar de avião. A Penélope vai viajar com eles para passar o fim de semana no Beto Carrero. Dia desses eram só os risquinhos no teste de xixi e agora vão viajar sozinhos com a P., Marina choraminga enquanto enche nossas taças. Há muito tempo não vivia momentos como esse, sem a desordem de uma angústia pontiaguda. A briga dos irmãos pelo controle do video game, os assuntos paralelos sobrepostos, a tampa da panela caindo no chão da cozinha, o cheiro de comida queimada. Tudo dentro dos conformes.
 Sentada no sofá com os pés apoiados no skate do Chico, pergunto a Penélope, Até onde eu iria se ele não tivesse me tocado da vida dele? Você tá aqui agora, não tá?, ela responde batendo na minha coxa. Dóris se senta no mesmo sofá que eu, quer saber se já estou pronta para a fofoca, Primeiro de tudo, lembra que foi você quem resolveu sair daquele cárcere, ok?, Dóris agita o celular perto do meu rosto. E agora quero saber se você quer dar uma olhada pra ver do que se livrou? Quero, puxo o celular da mão dela, que lê com voz arrastada imitando o sotaque de Henrí,

a atualização da biografia dele nas redes sociais: "ATOR. Não tenho nada, por isso tenho tudo". A frase clássica dele. Claro que tem tudo, né?, sempre arranja um arrimo de buceta. Apesar da piada ser humilhante também foi engraçada, caímos na gargalhada. Marina passa com um tabuleiro de rosbife, que pousa na mesa e depois se aglomera, por cima dos meus ombros, estamos rolando o feed e rindo da cafonice das fotos que ele postou vestido de saia de capulana; do lado, outra postagem de uma montanha de maconha; na publicação seguinte, ele apertando a bunda da namorada influencer. Gente, mas quantos anos essa criança tem? Dóris fala dele com deboche emprestado da Pequena. Gosto quando elas trocam de papel. Isso aqui é apropriação cultural, não? Penélope abre uma foto dele com o pouco de cabelo que tem trançado com *box braids* loiros. Apropriação cultural é o de menos, ele fere meus olhos com tanta cafonice. Gosto também de ouvir falar mal de Henrí, quero que elas continuem. Tenho muita preguiça de boy velho, fracassado, saco murcho, homem é deprimente de modo geral, mas esse capricha. Dóris define certa categoria de homens. Todas concordam, inclusive as héteras.

Não era amor, era cilada

Demoro muito para ligar para Carmem. Mantê-la no lugar da mulher descontrolada onde Henrí a abancou fazia com que me sentisse especial e não mais uma na estatística. Ela me esperou. Mamãe diria que Carmem estava esperando pacientemente até que eu estivesse pronta para procurá-la, para me apoiar e me dizer que a culpa não era nossa, nem minha, nem dela, nem da moça que veio depois de mim.

Carmem me acolhe, faz com que eu me sinta ingênua, a mulher que eu tinha como louca estava mais lúcida que eu. Diz com a voz licorosa que Henrí tinha um método, e que nós tínhamos de investigar nossa predisposição. Me conta que, na vez dela, também precisou entender que tinha vivido a mesma história que a mulher que saíra do sobrado para ela entrar. O cotidiano que ela descreve se parece muito com o meu. Como ela poderia inventar?

Sou artista, então a coisa pegou pra mim no bolso também, gastei o que tinha e o que não tinha. Tô pagando as dívidas até hoje. Quando o dinheiro começou a faltar, eu precisei pedir pra ele colaborar, e ele ficou agressivo. Quando viu que eu não tinha mais condições de manter aquele padrão, passou a me humilhar. Fez da casa um ambiente impossível de trabalhar, me atrapalhava de todas as formas. Eu tinha textos pra ensaiar, ele ligava o som nas alturas, levava um monte de gente pra casa, fazia festinhas. Começou a sair com outras pessoas enquanto eu ainda morava lá.

Um dia, Virgínia, fiz uma mochila pequena com o que consegui pegar e saí. Um vaso de planta caiu da janela da saleta lá de cima, eu estava embaixo. E vou te falar, até hoje não sei se aquilo foi um acidente. Juntei o que deu e saí assustada, desnorteada. Por algumas noites dormi na casa de amigos e depois de uma semana, quando voltei com um caminhão pra buscar minhas coisas, a casa tinha virado uma pensão, meus móveis distribuídos nos cômodos, usados pelos inquilinos. Henrí tinha vendido ou jogado fora tudo o que era meu. Pelo menos foi o que disse o Venga, do portão, porque nem entrar eu pude. Então saí de lá e recomecei do zero. Hoje eu falo com você sentada no primeiro móvel que comprei depois de tudo o que aconteceu. Fiquei por dois anos morando num apartamento que tinha uma geladeira e um colchão.

Estou aos prantos e peço perdão a Carmem. Não há de quê, ela diz. Dá uma gargalhada e se diverte com a frase que usa para quebrar a melancolia, Foda boa, mas cara!

Das palavras de Carmem, guardo que preciso respeitar o tempo da dor física, essa tundra que exige paciência e um pouco de analgésico. Virgínia, perdi tanta fé em mim que ainda não me recuperei.

Tem um caminho inteiro pra mim também, Carmem.

Gatilho

Uma ponte para o estado de mais profunda dor pode ser um som de panela de pressão, o cheiro de carvão queimando, uma palavra dita de certo modo, o som do aspirador de pó, o ritmo da respiração de alguém, o tom do céu que varia em tudo e nunca tem a mesma cor para duas pessoas diferentes. Ou um galo cacarejando.

Ouro e turmalina

Chamo Maya para ficar comigo. A casa tem muitos espaços vazios. As paredes estão brancas demais. Quando terminou um relacionamento, certa vez, ela pintou a casa toda com um determinado tom de rosa. Maya, essa casa tá me dando agonia, vem pintar essas paredes comigo? A gente consegue encaixar um samba aí nessa programação?, acho que você tá precisando do axé de uma roda, e também de um bom xirê, preta, ela constata ao ver minha tristeza pela tela pequena do celular. Antes de terminar a ligação, pedi, Maya, me ajuda?

Quem sabe a gente não passa na frente da casa de uma preta velha e ela me chama para perto e me conta, como se fosse um segredo, que vou me refazer inteira e que nunca mais vou deixar nada me levar para tão longe da borda? Me avisa quando embarcar, vou te pegar em Congonhas. Vai pronta, Maya ordena, Vamos comer alguma coisa na rua e tomar um drinque.

Vejo Maya sair exuberante do portão de desembarque. A gente se abraça apertado dentro do táxi. Irmã, achei que esse pesadelo não fosse acabar nunca. Ainda não acabou, confesso.

Esse cafuné, vindo de alguém que não está perto, lidando diariamente com minhas crises, é um alento. Maya me traz essa saúde de assunto, o olhar distante e a vantagem de me conhecer antes de eu ter sucumbido a esse saque.

Vi, vamos passar no shopping antes, preciso pegar uma coisinha que deixei separada na Dolce & Gabbana. Peço ao motorista para alterar a rota, primeiro Iguatemi. Quando paramos no semáforo e começo a falar de tudo o que poderia ter feito diferente para que o relacionamento com Henrí tivesse funcionado, Maya muda de tom. Sua paciência se esvai, como aconteceu com todo mundo ao meu redor. Vi, cara, se você tá sofrendo dessa forma, o que te impede de ligar pra ele?, pedir pra voltar?, fica com ele, então! Respondo que sei que ele me faz mal, o pior de tudo é que eu sei. Virgínia, esse cara é um lixo desde o primeiro dia. Todo mundo viu. Eu acho que você também viu e a minha pergunta é: por que você se permitiu?

Caminhamos aninhadas pelos corredores do shopping. Porra, Virgínia, além de tudo é sanguessuga, mana. Toda vez que escuto falar de estelionato emocional, penso nele. Você acha que ele não me amou, Maya? Vi, como não te amar?, a questão é que um cara desses não sabe amar. As pessoas se afastaram de você por causa desse cara, você não notou? O quê? Que as pessoas se afastaram de você?, que eu me afastei? Sinceramente?, não senti falta.

É, minha irmã, essa neca impostora é destruidora mesmo.

Olho as vitrines coloridas pensando no futuro. Nesse futuro em que eu não vou estar mais triste. Quando isso acontecer, vou voltar para comprar umas peças, umas peças alegres como essa que a vendedora enfia na sacola e entrega a Maya. Umas peças dessas para a Virgínia do amanhã usar. Meu deus, Virgínia, cadê os pretos desse lugar? Que coisa horrorosa. Você não vê um preto. Vamos dar o fora daqui.

O paraíso dantesco

De arroubo, bato a palma da mão na porta da minha casa e ela se escancara com força. Faz barulho, mas ninguém parece se importar. Num colchão jogado no centro da sala, vejo Penélope. Ela está escancarada. Henrí está lambendo seu órgão, que tem tamanho padrão. Penélope gargalha e aponta o dedo na minha direção. Dóris chupa Henrí, por sua vez. Marina amamenta um dos gêmeos, que já está grande. Penélope morde os lábios e geme, alto e gostoso, e segura com suas mãos delicadas a cabeça de Henrí. Ninguém me convida. Um cantor famoso está cercado por cabras alpinistas, cheira uma carreira de cocaína enquanto manipula seu pau mole. Todos me olham fixamente. Henrí morde a virgínia da Penélope.

Acordo assustada.

Henrí castigo 1

Luz sobre Penélope. Apoiada no balcão da cozinha, ela macera chumbinho no pilão de pedra-sabão. O refletor a segue. Em silêncio, debocha do homem impaciente sentado do outro lado do balcão, esperando que ela lhe sirva um chá. Penélope entrega a xícara com as mãos firmes.
A mesma violência que toma Henrí come também a capacidade de analisar suas cartas, de jogar certo.
Acha mesmo que a P. está do seu lado? Que faria uma trégua pra um chá? Pra quê?
Escutá-lo?
Ampará-lo?
Dar a ele algum tipo de conselho?
Propor um caminho para Henrí me manter envolvida nessa enrascada que ele chama de "amor dos deuses"?

E não é que pode um manipulador ser manipulado?
Não há nada que uma mulher não tenha visto nessa área. Guardamos na caixa de ir às forras esta fração de inferno: uma pa-

lavra dita numa certa entonação, um gestual, um franzir de testa, um apertar dos olhos, para usar numa oportunidade como esta.

Puta narcisista. Vai morrer feito um rato. Nada mais eficaz que dar o remédio certo pra sua espécie. Estrebucha, vai!

Penélope pensa em mim e no favor que me faz. Em todas as outras que vieram antes de mim e nas que não virão depois.

Uma dose para não deixar dúvidas: esse não vai mais morder ninguém.

Blackout.

Henrí castigo II

P. de produtora, de prática, de pirofágica.
Luz sobre o sofá, ao lado da mesinha de café. Penélope se senta perto de Henrí, oferece um copo e apoia a mão na sua perna. Assombroso o esforço que faz para fingir interesse, escuta o chororô de sempre, sobre ela e Dóris serem as responsáveis pelo fim do nosso relacionamento.
    Penélope faz aquela cara de escárnio, se desculpa, Quero ajudar a consertarem tudo isso. Demorou, mas finalmente consegui entender esse amor de vocês. Um brinde! Vamos pedir mais bebida? Virgínia está a caminho. Vai gostar de ver a gente assim, tão aliados. Uma vodca? Tequila? Vamos fumar mais um?
    Henrí, primeiro bêbado, depois dominado pelas pílulas. Penélope emprestou meus remédios: flunitrazepam para os dias mais difíceis.

(*mise en scène*)
Acende o telão de LED.

P. acende uma vela. Ops, caiu. A chama pequenininha do pavio acende a pontinha do tapete. Penélope aproveita para acender um cigarro. O sisal, com chamas maiores, contagia as cortinas de linho. A essa altura, já tem fumaça.

Henrí, paralisado no chão, pede ajuda com os olhos. Da marcação da porta, Penélope quer saber, O quê?, desculpa, não entendi.

Não consegue levantar a mão ou gritar, por isso seus olhos pelejam tanto? Deitado, *mírame* na primeira fila. Assisto ao seu rosto se iluminar como efeito do fogaréu. Não devo sorrir porque, assim, pareço o diabo diante daquele corpo indefeso. Espero que seja bem recebido na quentura do inferno.

As labaredas não deixam dúvidas: esse não vai mais morder ninguém.

Blackout.

Henrí castigo III

P. encena, faz jogo, improvisa. Convoca o ego de Henrí com o plano de inflá-lo, Sabe, Henrí, na verdade, sempre acreditei no seu potencial. Escrevi uma peça pensando em você. Queria que fosse o protagonista, à la *Peeping Tom*, topa? Acho que Virgínia vai sentir orgulho. Garanto a produção, o patrocínio, a publicidade, garanto o burburinho, garanto sua carreira. É só me dizer que tá dentro. Vamos fazer um teste! Tem uma corda?

(*mise en scène*)

Bora, Henrí! Pega uma cadeira.
Precisa ser mais realista, sua personagem tá indo se matar. Quero essa intenção. Bravo! Mas que fagueiro! É isso. Continua passando essa angústia pra mim e pra plateia. Penélope aponta pra mim.
É o fim, Henrizito. Encaixa a cabeça no laço e chora, Henrizito.

A cadeira cai trôpega quando P. a chuta com violência. Dá pra ouvir os estalos do pescoço e o som do corpo se debatendo, como se estivesse batucando no peito.

Merda pra você, Henrizito.

Que pena! Acabar assim com a própria vida.

O olho arregalado, a lágrima que escorre no canto do olho, a mão que desiste de balançar, a perna que sossega não deixam dúvidas: esse não vai mais morder ninguém.

Blackout.

Cai o pano

Na primeira fila do Teatro TUCA, estou trêmula. Aplaudo de pé o texto de Dóris, a montagem, a performance dos atores, a direção da Pequena.

Meu corpo está coberto pelas cinzas do amor finado. Não me esqueço dos seus distúrbios, seus pecados, sua atuação. Ainda consigo escutar o tom acusatório da sua voz. Tenho que reconhecer, seu dom para a dramaturgia é um talento desperdiçado, meu bem.

Será que você já queria me devorar quando mordiscava minha boca?

Violenciômetro

PIADAS OFENSIVAS
CHANTAGEM
EXTORSÃO
MENTIRAS
DIFAMAÇÃO
FRIEZA
CALÚNIA
PERDA DOS DIREITOS REPRODUTIVOS
CULPA
CIÚMES
OFENSA
CÁRCERE
HUMILHAÇÃO
AMEAÇA
EXPOSIÇÃO
PROIBIÇÃO
CONTROLE
XINGAMENTO

SUBTRAÇÃO DE BENS PESSOAIS
DESTRUIÇÃO DE BENS PESSOAIS
CHUTE
EMPURRÃO
AGRESSÕES
AMEAÇAS COM OBJETOS OU ARMAS
ABUSO SEXUAL
OBRIGAÇÕES SEXUAIS
MUTILAÇÃO
ASSASSINATO

ENQUANTO ESTE LIVRO ESTAVA SENDO ESCRITO, VIOLÊNCIA PSICOLÓGICA FOI INCLUÍDA NO CÓDIGO PENAL BRASILEIRO NA LEI 14.188, DE 28 DE JULHO DE 2021.

1ª EDIÇÃO [2024] 3 reimpressões

ESTA OBRA FOI COMPOSTA PELO ESTÚDIO O.L.M./ FLAVIO PERALTA EM ELECTRA
E IMPRESSA EM OFSETE PELA GRÁFICA SANTA MARTA SOBRE PAPEL PÓLEN
DA SUZANO S.A. PARA A EDITORA SCHWARCZ EM MARÇO DE 2025

A marca FSC® é a garantia de que a madeira utilizada na fabricação do papel deste livro provém de florestas que foram gerenciadas de maneira ambientalmente correta, socialmente justa e economicamente viável, além de outras fontes de origem controlada.